Wer nicht mehr

träumt,

gibt auf!

Helga Harter

Zu arm zum Träumen?

Roman

**Wie eine tapfere Frau
Erträumtes
wahr macht**

tredition

© 2015 Helga Harter
Umschlag, Illustration Helga Harter
Lektorat, Korrektorat: Frank Dobutowitsch
Umschlagfoto: Gerbergasse 1910 Foto Bessler
mit freundlicher Genehmigung

Verlag: tredition GmbH, Hamburg

ISBN
Paperback   978-3-7323-2544-3
Hardcover   978-3-7323-2545-0
e-Book   978-3-7323-2546-7

Printed in Germany

Kapitel 1

„Sag mal, was gibt das hier?" Christine fuhr herum. Das Ei rutschte ihr aus der Hand und landete mit einem „platsch" auf dem Küchenboden. „Solltest du nicht die Wäsche aufhängen? Gleich müssen die Kartoffeln auf den Herd und du belegst die ganze Küche." Die Mutter schnaufte aufgebracht. „Entschuldige Mutter." Christine bückte sich rasch, um das Ei mit einem Lappen aufzuwischen. Sie fühlte sich wie ein Schulkind, das etwas ausgefressen hatte. Dabei war sie einundzwanzig! „Was machst du hier?" fragte die Mutter wieder. „Ich wollte,… ich meine… Ach Mutter, ich wollte das Rezept ausprobieren: Züricher Hippen. Für Sonntag." Maria Frick entdeckte die Zeitschrift auf dem Küchentisch. „Seit wann liest du? Und woher kommt dieses Schundblatt?" Sie nahm die Zeitung mit spitzen Fingern und verzog den Mund, als stünde etwas Unanständiges darin. „Gartenlaube, März 1884" las sie. „Woher hast du sowas?" „Mutter," Christine stemmte trotzig die Arme in die Hüfte, „Das ist kein Schund. Das ist eine moderne Frauenzeitschrift. Martha vom Ochsen hat sie mir geliehen. Ich wollte das Rezept. Mal was ausprobieren, was wir nicht kennen!" „Christine, ich möchte nicht, dass du unseren wenigen Zucker und die Eier für dieses moderne Zeug verbrauchst." „Bitte, Mutter!" „Nicht in meiner Küche, Kind." Maria Frick nahm energisch ihren abgestellten Eimer wieder auf und stieg die Kellertreppe hinab. Seufzend räumte Christine Zucker, Mehl und Butter an den Platz. „Hier werde ich ewig die kleine Christine bleiben." , dachte sie bitter. „Wenn ich verheiratet wäre, dann hätte ich meine eigene Küche." Sie ballte die Fäuste in der Schürzentasche. „ Männer haben es da viel leichter. Einer ledigen Frau bleibt nichts anderes übrig, als zu Hause mit ihrer Mutter klarzukommen. Was für ein Glück, dass ich die Anstellung beim Kaufmann Würth bekommen habe. Dann kann ich wenigstens Geld verdienen. Und wenn dann der Richtige kommt, bin ich hier weg." Lauter als nötig schlug sie die Schranktüre zu.

„Komm, setz dich zu mir, Christine. Lass uns noch ein bisschen reden. Morgen gehst du nach Loßburg und dann haben wir dazu keine Zeit mehr." Der Vater legte den Hammer weg, als seine jüngste Tochter aus der Haustür trat. „Gleich, Vater, zuerst will ich noch die Wäsche aufhängen. Vielleicht wird sie bis abends trocken, dann kann ich sie heute noch bügeln." Friedrich Frick holte den Tabaksbeutel vom Fensterbrett. Während er den Tabak feststopfte, beobachtete er seine Tochter. Sie stellte den schweren Korb unter die Wäscheleine und mühte sich mit den Bettlaken ab. Der Vater schmunzelte. „ Das Leben ist hart für kleine Leute. Du musst ja auf Zehenspitzen stehen, um an die Leine zu kommen!" „Lach nicht, Vater," rief sie über die Schultern. „Es ärgert mich, dass ich so klein bin. Und mit einundzwanzig wächst man auch nicht mehr!" „Nimm ´s leicht, mein Schatz. Das ist nicht zu ändern." Friedrich lehnte sich auf der Bank zurück und sog genüsslich an seiner Pfeife. Er liebte dieses Tal. Hier war er geboren und aufgewachsen. Hinter dem Hof und der kleinen Wiese mit der Wäscheleine floss kaum hörbar der Fischbach. Im Ufergebüsch quakten am Abend die Frösche. Jetzt lag nur das Summen der Insekten in der Luft. Dumpf klang das gleichmäßige Stampfen der "Steinmühle" herüber. Dieses Geräusch gehörte für Friedrich zum Leben. Ebenso wie das Blöken seiner Schafe, die weiter oben am Hang grasten. Auch der herbe Stallduft und der Geruch von fettiger Schafwolle war für ihn Heimat.

Das letzte Laken hing auf der Leine. Nur noch ein paar Unterhemden waren übrig. „Du musst es nicht verschämt umdrehen, Christine, ich habe wohl gesehen, dass es geflickt werden muss." brummte der Vater und grinste. Christine wurde rot. „Ich weiß, Vater." Sie stellte den Korb an die Hauswand und setzte sich auf die Bank. „Ich hasse es, dass wir immer so altes Zeug anhaben müssen. Ständig bin ich am Löcher stopfen." „Hör auf zu jammern. Wir sind halt arme Leute. Aber zum Essen ist genug da und ein Dach über dem Kopf haben wir auch. Du musst nicht undankbar sein." Sie verschränkte die Arme vor der Brust und seufzte. „Ich träume davon, ein eigenes Haus zu haben und eine angesehene Hausfrau zu sein." Ihr Blick ging hinauf über die Wiesen zum Horizont. „Ich kann es richtig vor mir sehen, wie ich die Stufen zur Haustür fege, Salat pflanze und nach der Arbeit auf der Bank vor dem Haus ausruhe." Sie schloss die Augen. „Ich möchte ein gemütliches Zuhause einrichten, Kinder haben wie Orgelpfeifen, meinen Mann verwöhnen. An Weihnachten will ich Plätzchen und Hutzelbrot backen. Oh, ich kann den Duft fast riechen. Entschuldige, manchmal träume ich halt." Sie drehte sich zu ihrem Vater und murmelte: „Und meine Kinder sollen einmal ein Handwerk lernen können. Ich will nicht, dass sie Taglöhner sein müssen wie wir." Der Vater schwieg einen Augenblick. Ja, reich waren sie nicht. Christines Bruder August würde das Haus und die Schafe erben. Die Großen waren versorgt. Aber für die beiden jüngsten Töchter hatte Friedrich keine Mitgift zu bieten. Christine würde also irgendeinen Mann heiraten, der selbst nicht viel hatte. Und als Tagelöhnerin würde sie mitverdienen müssen. Sie könnte ledig im Haus ihres Bruders bleiben oder sich als Dienstmädchen verdingen. Keine schönen Aussichten, das musste er zugeben. Aber jetzt hatte sie ja zum Glück diese Anstellung bei Kaufmann Würth bekommen. Immerhin. „Das sind Träume, Christine. Arme Leute

10

träumen nicht. Das ist unser Los. Halte den Kopf hoch und lächle. Lächle. Denk nicht weiter darüber nach." Er legte seine Pfeife weg und nahm die Arbeit wieder auf. Dazu setzte er sich an den Dengelstein, legte die Sense über den Metallbolzen und hämmerte mit gleichmäßigen Schlägen auf die Sensenschneide. „Verstehst du, Vater, ich will jemand sein. Ich will mich nicht herumschicken lassen und für andere arbeiten." „Meine Christine hat Träume. So lieb' ich dich. So warst du schon immer. Meistens hast du sogar erreicht, was du wolltest." Er legte den Hammer zur Seite und prüfte die Schneide. Dann klopfte er weiter. „Behalte deine Träume im Herzen. Aber stell dich darauf ein, dass es möglicherweise immer Träume bleiben."

Christine holte einen großen Korb mit Wollflocken aus der Küche und stellte ihn neben sich. Mit zwei Holzbrettern, die dicht mit winzigen Nägeln besetzt waren, kämmte sie die Wolle zu feinen Büscheln, um sie später zu verspinnen. Eine Weile arbeiteten beide schweigend nebeneinander. „Darum freue ich mich auf meine neue Stelle beim Kaufmann Würth in Loßburg. Da verdiene ich doppelt so viel wie im Hirschen. Jede Goldmark werde ich sparen." Sie nickte energisch. „Du wirst es sehen, Vater. Wenn dann der Richtige kommt, hab ich so viel zusammen, dass es für die Aussteuer reicht, Bettzeug, Geschirr und alles das." „Das mit dem Richtigen ist das nächst Problem," murmelte der Vater undeutlich. „Den Nikolaus Schaller nehm ich jedenfalls nicht, falls du das meinst. Das ist ein Ekelpaket und stinkt nach Schnaps." Christine hätte fast den Korb umgestoßen vor lauter Eifer. Allein der Gedanke machte ihr Angst. „Ich träume von einem großen, kräftigen Mann, der feste arbeiten kann." „Meine Christine und ihre Träume." Der Vater nahm die Sense hoch und prüfte seine Arbeit. Dann tauchte er den Wetzstein in einen schmalen Wassertopf und fuhr damit in raschen Bewegungen rechts und links der Schneidefläche entlang. „Lass nur deine Mutter nichts von deinen Träumen hören. Die nennt das nämlich nicht Träume, sondern Flausen." Die beiden lachten. „Und sie wird schleunigst eine Arbeit finden, um dich in die Wirklichkeit zurückzuholen!" Christine seufzte.

„Christine?" Ihre Schwester lehnte sich aus dem Dachbodenfenster. „Ich komm schnell runter. Muss dir was zeigen." Friederike! Ihre Lieblingsschwester. Sie wohnte mit in der Dachkammer und war mit ihren dreiundzwanzig Jahren auch noch nicht verheiratet. Nur schien es ihr gar nichts auszumachen, hier daheim das Mädchen für alles zu sein. Sie war der Sonnenschein der Familie und ihr Geplapper füllte das Haus. Schon seit Christine denken konnte. „Schau mal, Tine." Jetzt stand sie neben ihr und strahlte. „Ich hab dir was gestickt. Heimlich." Sie schob den Korb zur Seite und setzte sich neben Christine. Umständlich packte sie einen weißen Stoff aus altem Packpapier. „Oh, wie hübsch!" Christine entfaltete das Geschenk. „Eine Tischdecke!" Was für eine Herrlichkeit! Eine Decke, etwas größer als ein Kopfkissen, über und über mit Margeriten, Kornblumen und Mohnblumen bestickt. Christine hielt die Hand vor den Mund vor lauter Entzücken. Dann umarmte sie ihre Schwester stürmisch. „Als Andenken an mich, weil du doch jetzt fort musst. Oh Tine, meine Kleine, du wirst mir fehlen!" Christine lehnte sich zurück. „Du glaubst nicht, wie ich mich auf die Stelle beim Kaufmann Würth freue! Endlich verdiene ich mein Geld selbst. Jede Goldmark werde ich sparen. Und wenn dann der Richtige kommt…"

Kapitel 2

Das war sie nun, die neue Stelle. Christine wischte den Tisch ab, legte die feine Tischdecke mit dem Bortenrand auf und schob die Stühle an den Tisch. Wie sie hier alles bewunderte: die Lehnen der schweren Stühle waren kunstvoll ausgesägt und geschnitzt, der Sitz mit schwerem Brokat bezogen. Die Würths waren keine armen Leute. Sie holte den Stubenbesen und kehrte die Krümel vom Frühstück zusammen. Besonders unter dem Kinderstuhl der kleinen Margarete sah es unordentlich aus. Aber wenn man mit zwei Jahren schon selbst essen will, ist das eben so. Christine schmunzelte. Frau Würth ließ die Kleine gewähren. Die Entfaltung ihrer Kinder war ihr wichtiger als ein sauberer Fußboden. Und wozu hatten sie ein Dienstmädchen? „Christine," rief Frau Würth vom Flur her. Sie trug die kleine Emilie auf dem Arm. „Christine würden sie bitte alle Wäsche einsammeln und in die Waschküche bringen? Morgen früh um sieben kommt die Wäscherin. Und kümmern sie sich bitte um die Katze. Sie hat noch kein Futter bekommen." „Natürlich, Frau Würth." Christine liebte es, hier zu arbeiten. Sie wurde gut behandelt. Und die Bezahlung war besser, als im Hirschen, ihrer früheren Arbeitsstelle. Sie beeilte sich mit der Wäsche, denn sie musste gleich noch den Mittagstisch decken und um elf wurde sie in der Küche erwartet, wo sie der Köchin zur Hand gehen sollte. Sie musste erst mal einen ordentlichen Berg Kartoffeln schälen. Dazu zog sie die graue Schürze über die schöne Dienstmädchentracht, krempelte die Ärmel hoch und wusch sie die Hände. Dann setzte sie sich auf die Holzbank und schälte und schälte. Darin hatte sie Übung und so konnte sie sich dabei umsehen. Die Köchin hieß Erna. Sie war eine große Frau mit dünnem grauem Haar. Wie alt mochte sie sein? Vielleicht wie ihre Mutter? Es war ziemlich heiß in der Küche. Auf dem Herd brodelten Linsen und Suppe. Die Arbeit ging Christine leicht von der Hand. Das war sie gewohnt. Erna schaute herüber und nickte, viel reden war nicht ihre Art. Aber ihre kleinen dunklen Augen blitzten fröhlich. Sie schob einen Korb Äpfel über den Tisch. „Frau Würth hat Teekränzchen heute Nachmittag. Deshalb muss der Apfelkuchen schleunigst in den Ofen." Sie schlug vier Eier in eine große Schüssel, holte Milch, Mehl und Zucker und bereitete den Teig. Christine schaute so gebannt zu, dass sie ihre Äpfel fast vergaß. Die Köchin benutzte keinen Schneebesen, wie ihre Mutter zuhause. Hier hatte man einen mechanischen Quirl. Erna stellte das Gerät in den Teig und drehte die Kurbel. Die beiden Räder wirbelten den Teig durcheinander, dass es eine Freude war. Und ohne Anstrengung. Sie lachte über Christines kindliches Staunen. „Willst du auch mal drehen?" fragte sie lachend. Natürlich wollte Christine!.

„Gleich Zwölf." Die Köchin wies Christine an, die Suppe zu servieren. „Vergiss nicht, die graue Schürze abzunehmen! Herr Würth legt viel Wert auf das gute Aussehen seines Personals." Christine zog das Spitzenhäubchen zurecht und legte die Arbeitsschürze ab. Mit der großen Suppenschüssel verließ sie die Küche. Korrekt und aufrecht saß der Hausherr am Kopfende des Tisches. Sein Jackett hing an der Stuhllehne. Er trug eine schwarze Weste über dem weißen Hemd. Frau Würth setzte Margarete gerade in den Hochstuhl, band ihr das Lätzchen um und lächelte Christine freundlich zu. Frieda und Martha zappelten auf ihren Stühlen herum und schnupperten, als Christine die Suppe abstellte. „Ich wette, Nudelsuppe." flüsterte Martha. Frieda grinste Christine erwartungsvoll an. Sie war stolz auf ihre erste Zahnlücke. Keiner sprach ein Wort, als Christine die Suppenteller füllte und vorsichtig auf den Tisch balancierte. Irgendwie peinlich. Frieda kicherte wieder, was ihr einen strengen Blick des Vaters einbrachte. Christine knickste etwas unsicher, wünschte „guten Appetit, die Herrschaften" und verließ das Esszimmer. Sie floh fast in die Küche zurück. Diese feine Umgebung, dieses Korrekte war ihr fremd. Aufgesetzt und anstrengend kam es ihr vor. „Du wirst dich daran gewöhnen," sagte die Köchin. Sie war schon zehn Jahre im Haushalt. Genau genommen, seit der alte Würth gestorben war und Johannes und Ruth Würth das Haus und den Laden übernommen hatten.

Pünktlich nach zehn Minuten lud Christine Linsen, Kartoffeln und Spiegeleier auf ein Tablett. Dazu eine Schüssel Salat. Sie trat ins Esszimmer. Die Suppe war bereits gegessen. Anscheinend hatte es geschmeckt.„Danke, Christine. Stellen sie die Schüsseln auf den Tisch," sprach Frau Würth Christine an. „Sie können wieder in die Küche gehen." Christine wurde rot. „Ach übrigens, heute kommen meine Freundinnen zu Besuch. „Könne sie bitte gegen halb vier einen Tee servieren?" Christine knickste. „Vielen Dank, ich hoffe, es gefällt ihnen bei uns." „Ja sehr." Christine wurde noch röter im Gesicht, knickste wieder und verließ schleunigst das Esszimmer. Bevor sie die Tür schloss, hörte sie, wie Herr Würth brummte: „Ruth, das ist ein Dienstmädchen. Gewöhn dir ab, sie so höflich zu behandeln." Frau Würth widersprach ihm, aber das hörte Christine nicht mehr. Als sie der Köchin davon erzählte, lacht die nur. „Du hättest den alten Würth erleben sollen. Der war noch viel schlimmer. Seine Devise war: das Personal gehört zum Inventar. Er behauptete sogar einmal, ein Schrank sei einfacher wieder loszuwerden, als eine Köchin." „Wenn ich so was höre, krieg ich eine Wut. Wir sind doch auch Menschen, oder?" „Wut hilft nichts, Christine. Das änderst du nicht. Sei froh, dass wir hier so gut verdienen und ordentlich behandelt werden." „Ich glaub, das haben wir Frau Würth zu verdanken." „Ja, ganz sicher. Sie hat ein gutes Herz. Und ihrem Frauenverein. Den wirst du noch kennen lernen. Jeden Donnerstagabend von acht bis zehn treffen sich die Damen im Café Armbruster." „Frau Würth geht abends weg? Meine Mutter nannte Frauen, die abends ohne männliche Begleitung das Haus verlassen, Flittchen." „Frau Würth sagt, Frauen haben auch Rechte. Und dazu gehört, dass sie sich versammeln dürfen." Sie spülte die Töpfe und Pfannen ab, Christine nahm ein Geschirrtuch. „Verheiratete Frauen haben Rechte, meint sie wohl. Ledige Frauen haben immer jemanden, der über sie bestimmt." Christine seufzte. „Wenn ich nur schon einen Mann hätte."

Sie sollte die braunen Halbschuhe von Herrn Würth zum Schuhmacher tragen. "Sie stehen neben der Schlafzimmertür," sagte Frau Würth. "Und vergessen sie nicht zu fragen, wann sie fertig sind." Christine zog ihre Stickjacke über, steckte die Schuhe in eine alte Papiertüte und zog die Haustür hinter sich zu. In der Hauptstraße ging eigentlich immer ein kühler Wind. Selbst mitten im Sommer und an einem warmen Tag wie diesem. Sie fröstelte. Die Schusterwerkstatt lag am Ortsrand. Die Frau des Schusters fragte, wie alt sie sei. Und ob die Würths kein größeres Dienstmädchen gefunden hätten, sie sehe ja aus wie sechzehn. Christine gab die Schuhe ab, fragte, wann sie fertig wären und verließ schleunigst die Schusterwerkstatt. Unverschämtes Weib, dachte sie. Muss ich mir das wirklich gefallen lassen?

Bis sie das Abendessen vorbereiten musste, blieb noch eine Stunde. Am Rathaus warf sie einen Blick in den Schaukasten. Wer heiratete in nächster Zeit? Vielleicht kannte sie ja jemanden? Sie las die Todesanzeigen, überflog die Gemeinderatsbeschlüsse, die Zählung der Zuchtbullen und das Wasserrecht der Bach-Mühle. Nichts wirklich Interessantes. Sie wechselte die Straßenseite, um noch einen Blick in den Schaukasten des Schwarzwälder Boten zu werfen. Auch dort überflog sie die Überschriften: Benz stellt Zweirad vor....Rätselhafter Tod von Prinz Ludwig dem Zweiten am Starnberger See...Bismark schließt Bund mit Samoa...Schließlich tanzten die Buchstaben vor ihren Augen. Sie las selten und es strengte sie an. Es war wenig los im Ort. Eine Horde Jungs rannte zum Bolzplatz; zwei Frauen trugen einen schweren Korb über die Straße; eine Kutsche ratterte vorbei, ein Einspänner mit offener Ladepritsche. Sie erreichte wieder Würths Haus. Über der Ladentür hing ein breites Holzbrett. „Kolonial- und Gemischtwaren Theodor Würth. Gegründet 1842" Gerade öffnete sich die Ladentür. Herr Würth hielt die Tür auf und verbeugte sich mit einem charmanten Lächeln: „Danke für ihren Einkauf, werte Frau Bürgermeister. Bitte beehren sie mich bald wieder. Auf Wiedersehen." „Danke, lieber Herr

Würth, wünsche einen angenehmen Abend."
„Und·grüßen sie bitte ihren Herrn Gemahl von mir recht herzlich." setzte er überhöflich hinzu und schloss die Tür von innen, Christine beachtete er gar nicht. Er kann also auch lächeln, wenn er will, dachte sie und grinste.

Als das Geschirr vom Abendessen abgetragen und gespült war, setzte sich Christine an den Küchentisch und aß. Sie hatte einen riesigen Hunger. Es war noch ein Rest Grießsuppe da. Frau Würth wollte jeden Abend eine Suppe für die Kinder haben. Sie behauptete, dass sie dann besser schlafen würden. Die Köchin kam nur am Vormittag und so war diese Suppe Christines Aufgabe. Kochen hatte sie von der Mutter gelernt. Und das nicht schlecht.

Es war schon fast acht Uhr und Christine hatte schwere Beine. Der Tag war lang und anstrengend gewesen. Aber sie war noch nicht fertig. Seufzend nahm sie den großen Holzkorb vom Brett und ging in den Schuppen, um Holz zu holen. Vier Körbe voll trug sie herein und stapelte sie in die Niesche neben dem Holzherd. Endlich war sie fertig. Sie hob den Glasdeckel der Gaslampe und drehte den Hahn zu. Im Halbdunkel tappte sie zur Tür und die Treppe hinauf. Zum Glück war es draußen noch ziemlich hell. So fiel etwas Licht durch das einzige Dachfenster. Es gab keine Lampe hier oben auf dem Speicher und Christine musste den Gang entlang bis hinten zu ihrer Dachkammer im Dunkeln gehen. Als sie die Tür ihrer kleinen Kammer schloss, hatte sie das Gefühl schon viel länger hier zu sein, als nur einen Tag. So viel Neues war auf sie eingestürmt. Es war stickig. Sie öffnete das winzige Fenster, denn hier unter dem Dach staute sich die ganze Wärme des Tages. Müde ließ sie sich aufs Bett fallen. Das letzte Licht fiel auf den Flickenteppich vor dem Bett. Ein wackeliger Tisch, ein Stuhl, ein schmales Holzregal und eine Truhe. Darauf hatte sie heute früh in aller Eile ihre schwarze Ledertasche abgestellt. Die Tasche enthielt alles, was sie hatte. Schlagartig überfiel sie ein schreckliches Heimweh. Friederike! Sie hätte ihr so viel zu erzählen und ihr befreiendes Lachen täte jetzt gut. Nun war sie allein. Christine gab sich einen Ruck, öffnete ihre Tasche und suchte die Tischdecke heraus. Die würde sie immer an ihre Schwester erinnern. Liebevoll strich sie über das Stickgarn, fühlte die Blumen und schloss die Augen. Das hier ist jetzt mein Zuhause, dachte sie. Ich will es mir gemütlich machen. Also räumte sie den riesigen Wecker, Waschschüssel und Wasserkanne zur Seite, stellte das Wasserglas weg. Liebevoll breitete sie die Tischdecke über den Tisch. Sie reichte gerade. Christine überlegte einen Moment, dann drehte sie die Decke über Eck, so dass die Zipfel herunter hingen. Sah besser aus. Sie stellte Schüssel, Kanne, Glas und Wecker wieder darauf und begutachtete ihr Werk. Nein, für die Waschschüssel musste sie einen anderen Platz finden. Sie verdeckte die schönen gestickten Blumen. Also aufs Regal damit. Dafür hatte sie jetzt Platz für den Bilderrahmen mit dem Hochzeitsbild ihrer Eltern und den kleinen Spiegel zum Aufstellen. Wie schön, dachte sie. Ein Stück daheim. Wenn ich Zeit habe, pflücke ich einen Blumenstrauß. Sie holte ihr langes, weißes Nachtkleid aus der Tasche und begann sich auszuziehen. Vorsichtig hängte sie das schwarze Kleid über die Stuhllehne und breitete die weiße Spitzenschürze und das Häubchen darüber. Sie war so stolz, in Stellung beim Kaufmann Würth zu sein. Hundert Mark im Monat. Das war doch was. Doppelt so viel wie im „Hirschen". „Das spare ich eisern. Und dann geh ich einkaufen: Geschirr, Bettwäsche, Handtücher. Ein Mann wird sich schon finden." Sie grinste.

Da fiel ihr die Keksdose ein. Mutter hatte ihr zum Abschied eine Blechdose mit Keksen geschenkt, gekaufte Kekse sogar. Sowas gab es sonst nie. Eine hübsche dunkelblaue Dose mit einem lustigen Bäcker darauf, der „Bahlsen Cakes" backt. Sie würde die Kekse einteilen, sie waren etwas Besonderes und wenn die Dose leer wäre, würde sie darin ihr Geld aufbewahren. Jetzt war es fast völlig dunkel in der Kammer. Unten hatten sie Gaslampen, elektrisches Licht gab es noch nicht. Wenn sie wenigstens eine Kerze hätte. Sie legte ihr langes Unterhemd ab. Das Loch, das ihr Vater gestern auf der Wäscheleine entdeckt hatte, war immer noch nicht geflickt. Morgen Abend, gähnte sie, morgen Abend flicke ich es. Sie schlüpfte aus der knielangen, weiten Leinenunterhose, streifte das Nachthemd über und schlief schon beinahe, ehe sie die Decke über sich gezogen hatte.

Kapitel 3

Der Wecker klingelte um halb sechs. Verschlafen setzte sich Christine im Bett auf. Sie brauchte einen Moment, bis sie wusste, wo sie war. Brrr. Jetzt war es kalt im Zimmer. Sie goss Wasser aus der Kanne in die Schüssel und tauchte ihren Waschlappen hinein. Brr, auch kalt! Aber es tat gut und weckte die Sinne. Stolz zog sie das schwarze Kleid über den Kopf, band die Schürze um und strich sie glatt. So feine Rüschen! Ein heller Morgen. Heute ist Waschtag, fiel ihr ein. Schnell an die Arbeit. Die Wäscherin kam um sieben. Ab in die Küche, Feuer machen, Wasser aufsetzen, Kaffee kochen für Herrn Würth, Feuer machen in der Waschküche im Keller. Den großen Waschkessel mit Wasser füllen, Frühstückstisch decken, Zeitung hereinholen, dem Hausherren das Frühstück servieren. Der Laden öffnete um acht und Herr Würth legt Wert auf ein ausgiebiges Frühstück. Da saß er allein an dem großen Tisch, bereits in die Zeitung vertieft, als Christine das Tablett abstellte und Milch, Brot, Butter und Marmelade auf dem Tisch verteilte."Bitte sehr, ihr weichgekochtes Ei, Herr Würth. Ich hoffe, es ist recht. Kaffee?" Er schaute auf. „So, gut geschlafen?" fragte er leutselig. „Hübsch siehst du aus, mein Täubchen." Hatte er mein Täubchen gesagt? Christine glaubte nicht recht gehört zu haben. Sein

Blick sagte unverhohlen, dass er es so meinte. Rasch stellte sie Salzstreuer und Zucker neben seine Tasse, packte das Tablett und rannte fast aus dem Zimmer. Ihr Herz pochte. Sie hasste das. Im Hirschen, da hatte sie es jeden Tag erlebt. Aber hier hatte sie nun wirklich nicht damit gerechnet. Nicht bei diesem hochangesehenen Herrn, Kaufmann Würth. Stets korrekt, gesittet, moralisch einwandfrei. Kirchengemeinderat, liebevoller Familienvater. Konnte er „mein Täubchen" gesagt haben?

Auch als sie am Küchentisch saß und endlich selbst eine Scheibe Brot aß, schüttelte sie immer wieder ungläubig den Kopf. Aber je länger sie darüber nachdachte, desto unsicherer wurde sie. Hatte er es wirklich gesagt? Das konnte doch nicht sein, oder? Sie brühte sich einen „Muckefuck" auf, billiger Kaffeeersatz aus Malz. Kaffee war sehr teuer. Den gönnte sich nur Herr Würth selbst. Jetzt brach der Tag über sie herein. Keine Zeit für Gedanken. Waschtage waren besonders anstrengend. Die Waschfrau blieb den ganzen Tag. Zuerst wurde die Bettwäsche gewaschen. Das Feuer prasselte im Ofen unter dem großen Waschzuber. Als das Wasser kochte, warf Christine Laken und Bettbezüge hinein und drückte sie mit einer Holzstange unter Wasser. Nach einer Zeit wendete sie die Wäsche. Frau Würths Kleider und die Anzüge des Hausherrn wusch die Waschfrau mit der Hand in einem großen Holzeimer. Da ließ sie keinen ran.

Schließlich habe sie die Verantwortung. Christine war es recht. Sie schleppte den Eimer mit den eingeweichten Stoffwindeln und den Babysachen in die Küche und stellte den großen Windelkochtopf auf den Herd. Das war sowieso jeden Tag ihre Aufgabe. Die Stoffwindeln wurden auf dem Herd gekocht, um alle Keime abzutöten. Schließlich gab es damals keine Wegwerfwindeln und auch keine Waschmaschine mit Kochgang. Inzwischen dampfte und brodelte die Bettwäsche. Sie wurde mit der Stange herausgefischt und in kaltes Wasser gesteckt. Zum Auswringen fasste die Waschfrau auf der einen Längsseite, Christine auf der anderen. Dann wurde der Stoff verdreht, bis das Wasser herauslief und ruckartig auseinander gezogen, um das Leinen zu strecken. Als alle Leintücher endlich im Korb lagen, rieb sich Christine die schmerzenden Arme, atmete tief durch und schleppte den Wäschekorb in den Garten. Kurze Zeit später wehte die Bettwäsche im Wind. Das Kleinzeug machte mehr Arbeit, aber es war nicht mehr so anstrengend wie die Bettwäsche. „Oh", dachte Christine beim Wäscheaufhängen, „Frau Würth hat feine Unterwäsche." Andächtig strich sie über den weichen Stoff. „ Und natürlich keine Löcher!"Christine summte vor sich hin. Mit Wäsche hantierte sie gerne. Beinahe hätte sie darüber vergessen, in die Küche zu gehen.

Am Abend ging Frau Würth ins Café Armbruster zur Sitzung des Frauenvereins. Deshalb war es Christines Aufgabe, noch bis um neun Uhr im Flur zu sitzen. Dort stand ein winziger Tisch an der Wand und ein Stuhl. So konnte sie gut hören, wenn eines die Kinder weinte. Nach neun sollten sie eigentlich fest eingeschlafen sein und Christine konnte nach oben gehen. Frau Würth zeigte ihr das Bücherregal im Esszimmer. Sie solle sich ruhig ein Buch nehmen, damit die Zeit nicht so lang wäre. Erwartungsvoll fuhr Christine mit dem Finger über die Buchrücken. Zuhause gab es keine Bücher. Nun, dicke Bücher schieden sofort aus, die schaffte sie sowieso nie ganz durch. Im Lesen hatte sie keine Übung. Aber dann entdeckte sie ein großes Buch. „Unsere deutschen Kolonien" war in Goldschrift eingeprägt. Darin fand sie Zeichnungen und deshalb trug sie das schwere Buch zum Tischchen. Oh, wie sie das faszinierte. Da gab es Abbildungen von Tieren, die sie noch nie in ihrem Leben gesehen hatte. In Togoland und Deutschostafrika fand sie Tiere wie Flusspferde und Nashörner, Schildkröten und den großen Vogel Maribu mit drei Metern Spannweite. Und im Kapitel Neuguinea und Samoa gab es Paradiesvögel, Wallabys und Schnabeligel, die ihre Eier in ihrem Beutel ausbrüten. Christine war noch nie so begeistert von einem Buch wie von diesem. Die Zeit verging wie im Flug und erst nach neun Uhr brachte sie das Buch zurück ins Regal. Von da an freute sie sich auf die Donnerstagabende, wie auf den freien Sonntagnachmittag. Als sie die Tür der Dachkammer hinter sich schloss, fiel ihr ein: sie hatte wieder keine Blumen für ihr Wasserglas gepflückt. Kurz entschlossen stellte sie den Wecker auf Viertel nach fünf. Dann hole ich sie eben morgen früh, dachte sie trotzig und schlief ein.

Christine liebte die Stunde in der Küche. Bei der Köchin Erna fühlte sie sich wohl. „Herr Würth spricht nicht viel, oder?" Sie starrte auf ihre Hände, die fleißig Erbsen auspellten. „Mein Täubchen" wollte sie nicht erwähnen. Aber sie hoffte, etwas über diesen Mann zu erfahren, um ihn besser einschätzen zu können. Erna hatte ihre Verlegenheit nicht bemerkt und plauderte munter: „Doch, doch, im Laden redet er wie ein Wasserfall. Mit seiner Frau spricht er natürlich auch. Aber du und ich, wir sind für ihn keine wichtigen Leute. Warum sollte er mit uns reden?" Erna zuckte die Achseln. Sie nahm die große Rührschüssel zwischen die Knie. Mit dem Kochlöffel knetete sie den Nudelteig. Eine Zeitlang arbeiteten beide schweigend. „Außerdem hält er Frauen für dumm." ,sagte Erna schließlich. Christine runzelte die Stirn. „Aber Frau Würth ist doch eine kluge Frau, oder? Wie kann er so etwas behaupten?" „Frau Würth ist sogar gebildeter als er." Was Erna alles wusste. „ Sie hat reiche Eltern und konnte auf die höhere Töchterschule gehen. Eine Zeit lang war sie Lehrerin in Freudenstadt. Dann hat er sie geheiratet und sie musste aufhören." „Ja, ja, ich weiß. Lehrerinnen dürfen nicht heiraten. Sonst verlieren sie ihre Arbeit." „Die Erziehung ihrer eigenen Töchter ist ihr deswegen so wichtig. Darum brauchen wir auch kein Kindermädchen, hat sie gesagt, das macht sie selber."

Der Teig war geschmeidig und Erna hob ihn auf das Spätzlebrett. Sie stellte einen großen Topf mit Salzwasser auf den Herd. „Gut, dass es Frau Würth gibt." „Finde ich auch. Nur mit ihm wäre es hier nicht auszuhalten, unter uns gesagt." „Weißt du, manchmal träume ich mich weit fort.", schwärmte Christine. „Das kannst du gerne, nur vergiss dabei nicht, die Erbsen zu schälen", lachte Erna. „Wohin träumst du dich denn?" „In meine eigene Küche. Wo ich die Herrin bin." Und wo es keine Herren gibt, die mir Angst machen, dachte sie noch. Das sagte sie aber nicht. Christine schaute zur Decke und seufzte. „Ende des Traums, die Erbsen müssen gekocht werden." Die Köchin stemmte die Arme in die Seite. Christine beeilte sich und warf die Erbsenschalen in den Schweineeimer. Dabei lachte sie: „Du bist ein echter Wecker, Erna. Dass du nicht klingelst ist alles!"

Samstag. Heute sollte Christine auf dem Markt einkaufen gehen. Ihr war etwas bange davor. Große Menschenmengen war sie nicht gewohnt. Und sie fürchtete die anderen Dienstmädchen. Sicher würde sie ausgefragt und neugierig begafft. Wie sie das hasste! Die Köchin sagte, sie solle nicht so lange wegbleiben. Und keinesfalls bei dem Stand vom Hallwanger einkaufen, der sei so teuer. Bei dem gelben Marktstand direkt vor dem Rathaus sollte sie eine Gans bestellen für nächste Woche und falls der Hausacher da wäre, solle sie schauen, ob er schon Erdbeeren hätte. Auf dem Rückweg müsste sie noch beim Metzger vorbei und den Sonntagsbraten mitbringen, der sei vorbestellt. Und ein halbweißes Brot vom Bäcker Beilharz. Christine fasste sich an die Stirn. „Ich glaub, das muss ich aufschreiben!" lachte sie. Dann zog sie ihre graue Strickjacke über das schwarze Kleid, nahm Korb und Geldbeutel und stapfte entschlossen zur Tür hinaus. Sie würde es schaffen.

Der Himmel war wolkenverhangen und ein kühler Wind fuhr die Hauptstraße entlang. Obwohl es erst halb acht war, stand der Marktplatz schon voller Leute. An den Gemüseständen warteten Hausfrauen mit großen Taschen, Köchinnen und Dienstmädchen. Ein Gemurmel und Lachen, Fragen und Erzählen. Der Hausacher hatte wirklich Erdbeeren. Christine stellte sich an, ließ den Blick über Kisten und Körbe schweifen. Dass sie ja nichts vergaß. Rote Rüben, Äpfel, Gurken. Sie war dran. Ob sie auch Lauch hätten? Nein, erst nächste Woche. " Dann bitte noch von diesen Karotten, ein Kilo und einen Kopfsalat." " Noch was?" " Ja, von den Rettichen drei Stück." Sie bezahlte. „Schaffst du den schweren Korb denn allein, Mädchen?"

fragte der alte Mann hinter ihr und musterte sie von oben bis unten. Sie zog die Augenbrauen hoch. „Danke, das ist kein Problem." Warum soll ich den Korb nicht schaffen? Seh ich so schwach aus? Nur weil ich so klein bin? Sie spürte, wie sie schon wieder rot wurde. Vor lauter Ärger vergaß sie, auf Wiedersehen zu sagen.

Am Brunnen standen fünf oder sechs Dienstmädchen zusammen und schwatzten. Als Christine vorbeiging, verstummte das Getuschel. „Bist du neu?" rief die mit den dicken Zöpfen herüber. Christine blieb stehen und atmete tief ein. Was sollte sie sagen? Sie nickte und ging ein paar Schritte näher. „Wo bist du zur Stellung?" „Beim Kaufmann Würth." „Dann bist du die Nachfolgerin von der Leonore, die so schnell verschwunden ist." „Und keiner hat begriffen, warum." „Oh, da wollte ich auch arbeiten." „Tolle Stelle." „Erst seit einer Woche." „Und wie ist es?" „Frau Würth ist sehr nett." „Na, er doch auch. Frau Bürgermeister ist hingerissen von seinem Charme!" Die Mädchen lachten und kicherten. „Habt ihr übrigens gehört," die große Schlanke mit der abgewetzten Schürze hatte eine Neuigkeit. Christine blieb einfach stehen. Schließlich gehörte sie jetzt dazu. „Die kleine Hertha ist schwanger." „Das Dienstmädchen beim Ochsenwirt? Aber die hat doch keinen Mann." Die Mädchen grinsten. „Ein Mann muss schon im Spiel gewesen sein.", stellte das dicke Mädchen fest, das auf dem Brunnenrand saß. „Ich behaupte ja, es war ihr Herr. Dem traue ich alles zu." „Sie hat ja selbst erzählt, dass er ihr nachstellt." „Und jetzt, wo soll sie hin mit dem Kind? Sie kann es doch nicht zur Arbeit mitnehmen." „Er hat ihr gekündigt." Christine erschrak. Erst machte er ihr ein Kind, dann warf er sie raus. So ging das also. „Oh nein, was wird jetzt aus ihr? Sie tut mir so leid." „Sie ist immer so freundlich." „Oh, ich muss los!" Christine erinnerte sich an Erna. Als sie sich auf den Heimweg machte, löste sich ein Dienstmädchen aus der Gruppe und begleitete sie. „ Ich arbeite im Hotel zum goldenen Pflug, gleich drei Häuser neben dir. Ich heiße Maria. Komm, wir gehen zusammen." „Vielen Dank. Ich heiße Christine. Ich kenne hier noch keinen und die vielen Leute machen mich unsicher." Das Mädchen gefiel ihr gleich. Ihre braunen Augen blitzten unternehmungslustig und unter dem Häubchen quollen lustige dunkle Locken hervor. Eine Strähne fiel ihr in die Stirn. Sie hatte die Angewohnheit, die Locke alle paar Minuten nach oben zu blasen. Aber sie fiel immer wieder ins Gesicht zurück. Christine lächelte. So ein nettes Mädchen wollte ihre Freundin sein! „Ich muss noch beim Bäcker und beim Metzger rein. Kommst du mit?" Eine Weile gingen sie schweigend nebeneinander. „Die arme Hertha." Fing Maria an. „Sie ist bestimmt keine Frau, die sich mit Männern herumtreibt. Jemand hat ihr Gewalt angetan." Sie schüttelte traurig den Kopf. Christine blieb stehen. „Das muss schrecklich sein." „Du hast da ja zum Glück nichts zu befürchten bei den Würths. Herr Würth ist ein anständiger Mann." Hoffentlich hat sie recht, dachte Christine, wer weiß, warum die Leonore so schnell gekündigt hat. Aber sie schob den Gedanken schnell beiseite. Vor dem goldenen Pflug verabschiedeten sie sich. „Bis nächsten Samstag!" rief Christine. Eine Freundin! Leicht und fröhlich sprang sie die Treppe hinauf. Eine Freundin. Endlich jemand, der sie verstand.

Jeden zweiten Sonntag hatte Christine den Nachmittag frei. Sie gewöhnte sich an, einmal im Monat nach Hause zu gehen. Den zweiten freien Sonntagnachmittag im Monat verbrachte sie mit Maria. Sie wanderten zusammen und erkundeten die Umgebung, saßen auf der Bank vor der Kirche und redeten.

Das Allerbeste aber in der ganzen Woche was der Donnerstagabend. Sobald die Kinder ins Bett gebracht waren, kämmte Frau Würth sich die Haare, legte die gute Halskette an, setzte den schwarzen Hut auf und verließ das Haus. Christine holte das große Buch aus dem Esszimmer, legte es auf das kleine Tischchen im Flur und setzte sich. Nun hatte sie eine volle Stunde Zeit zum Lesen und Bilder anschauen. Hier war es warm und hell. In der Dachstube gab es keine Lampe. Sie hatte einmal Frau Würth gefragt, ob sie eine Öllampe oder eine Kerze mit hinaufnehmen dürfe, damit sie etwas sehen könne. Herr Würth, der es zufällig gehört hatte, antwortete, ehe seine Frau etwas sagen konnte. Das wäre ja noch schöner, wenn das Personal im Dachstuhl mit Kerzen hantierte, hatte er gepoltert. Ob sie ihm das Dach über dem Kopf anzünden wollte? Nein, das käme überhaupt nicht in Frage. Nun, wenigstens konnte sie Donnerstagabends eine Stunde lang lesen.

Eines Tages brachte die Freundin von Frau Würth ein Buch für Christine mit. Christine kannte sie bereits. Sie hieß Frau Kopp und war Lehrerin in Freudenstadt. Ob sie das lesen wolle? Scheu nahm Christine das Buch in die Hand. Es fühlte sich glatt und neu an. Ein kleines Mädchen war auf dem Einband zu sehen „Heidis Lehr und Wanderjahre" las Christine. Oh wie war das dick! Und als sie die ersten Seiten durchblätterte, verging ihr die Lust am Lesen vollends. Das Buch würde sie nie ganz durch schaffen. Die Seiten waren dick vollgeschrieben. Aber dann entdeckte sie Zeichnungen, kleine Strichzeichnungen alle paar Seiten und ihre Neugierde war geweckt. „Johanna Spyri ist eine Schweizerin. Sie hat das Buch erst vor ein paar Jahren herausgebracht. Und jetzt gibt es sogar noch eine Fortsetzung. Es ist wirklich schön." Frau Kopp nickte ihr aufmunternd zu. So fing Christine am nächsten Donnerstag doch an, Heidi zu lesen. Jede Woche ein Stück. Sie fieberte mit der kleinen Heidi und weinte mit ihr, denn der Großvater war anfangs recht ruppig. Sie wartete mit ihr auf den

Geisenpeter und war in Gedanken auf der Alm. So schnell war die Stunde um. Sie las mit glühenden Wangen. Sie weinte ein paar Tränen, als Tante Dete Heidi abholte und nach Frankfurt mitnahm und verstand ihr Heimweh sehr gut. Das Buch erschloss ihr eine neue Welt und entfachte ihre Fantasie. Dass sie einmal Bücher lieben würde, hätte sie nie gedacht.

Kapitel 4

Könnten sie sich vorstellen, auf ihren nächsten freien Sonntag zu verzichten?", fragte Frau Würth eines Nachmittags im April. Christine nickte. „Meine Cousine Margit hat das große Vorrecht, den Herrn Amtmann von Gengenbach zu heiraten und die ganze Familie ist eingeladen." „ Einen Badener?" fragte Christine ungläubig. Frau Würth nickte. Um mit den vier kleinen Kindern nach Gengenbach zu kommen, bräuchte sie Christines Mitarbeit. Ihr Mann sei da offen gestanden keine große Hilfe. Christine nickte langsam. Gengenbach. Sie war noch nie in Baden gewesen, noch nie so weit von Lombach weg. Das waren ja bestimmt hundert Kilometer. „Fahren wir mit der Kutsche?" fragte sie. Zu Fuß mit den kleinen Kindern ging ja wohl nicht. „Wir fahren mit der Eisenbahn." Christine riss die Augen auf. Die Eisenbahn! Vorletzten Sommer erst war die Kinzigtalbahn eröffnet worden. Sie erinnerte sich lebhaft. Mit dem Vater war sie am Bahnhof gestanden, als das schwarze Ungetüm, mit Blumenkränzen geschmückt durch die Wiesen gestampft kam. Sie hatte sich die Ohren zugehalten, so laut war das Zischen und Fauchen und das Quietschen der Bremsen gewesen. Und jetzt sollte sie selbst einsteigen? Ein Schauer durchfuhr sie und sie schwankte zwischen Schrecken und Erwartung.

Dass Frau Würth sich getraute, mit den kleinen Kindern Eisenbahn zu fahren! „Ja sicher, Frau Würth," hörte sie sich sagen. „Natürlich fahre ich mit. Sie können sich auf mich verlassen." Frau Würth lächelte. Christines ängstlicher Gesichtsausdruck passte so gar nicht zu ihren Worten. „Danke schön, Fräulein Christine. Ich bin froh, dass sie mitfahren. Dann kann ich meiner Cousine telegrafieren, dass wir kommen. Alleine hätte ich es nicht gewagt." Christine zog erstaunt die Augenbrauen hoch und dachte: „ So wichtig bin ich für Frau Würth, unglaublich." Sie würden am Samstag früh mit dem Achtuhrzug fahren. Zurück ginge es erst am Sonntagnachmittag. So hätten sie noch etwas Zeit, die Stadt anzuschauen. Gengenbach sei eine schöne alte Stadt. Und im unteren Kinzigtal würden um diese Zeit die Obstbäume herrlich blühen. Christine spürte ein Kribbeln in den Händen, so aufgeregt war sie. Frau Würth brauchte sie und sie durfte Eisenbahn fahren! Da würde Maria Augen machen, wenn sie ihr das erzählte.

Alle waren aufgeregt, als sie zum Bahnhof aufbrachen. Auch Herr Würth. Er versuchte, es nicht zu zeigen, aber Christine beobachtete, wie er unablässig mit den Fingernägeln knipste. Alle paar Minuten zog er die Uhr an der goldenen Kette aus der Jackentasche, ließ den Deckel aufspringen und schaute, wie spät es war.

Margarete zog Christine an den Fensterplatz neben ihrer Mutter. Schwerfällig fuhr die Lock an. Dampfwolken stiegen vor dem Fenster empor, es roch nach Kohlenfeuer. Christine war mindestens so aufgeregt wie die kleine Margarete. Die Fahrt wurde immer schneller. Zu spät zum Aussteigen. Christine hielt die Luft an. Angst wollte in ihr hochsteigen. Hohe Geschwindigkeit mache dumm, hatte eins der Dienstmädchen am Samstag gesagt. Ein anderes behauptete gar, man würde ohnmächtig. Christine atmete durch und schaute sich um. Die anderen Fahrgäste unterhielten sich seelenruhig. Da beschloss sie, die Fahrt einfach zu genießen und nicht mehr darüber nachzudenken. Eine ganze Weile gab es nichts Besonderes zu sehen und Christine setzte sich auf ihrer Bank zurecht. Das wilde Herzklopfen legte sich. Bäume, Äcker, Wiesen zogen vorbei. Sie rumpelten über eine Eisenbrücke, erste Häuser, dann das Kloster: Alpirsbach. An den Bahnübergängen warteten die Leute hinter den Schranken. Das Tal weitete sich, an den Hängen lagen Gärten und Äcker in der Morgensonne. Christine wurde es warm ums Herz. Wenn sie hier wohnen könnte! Einen eigenen Garten haben, Bohnen und Karotten anbauen, Kartoffeln und auf jeden Fall Himbeeren. Die Straße lief neben den Schienen her. Feine Einspänner und Bauernkarren waren unterwegs. Da: ein Schlagbaum, ein Zollhäuschen. Sie waren in Baden. Im Zug kümmerte sich keiner um die Grenze.

Sie rasten einfach vorbei. „Wir müssen in Hausach umsteigen. Christine achten sie darauf, dass Margarete ihre Puppe nicht liegen lässt."

Frau Würth nahm Emilie hoch und fasste Martha an der Hand. Herr Würth holte die große Tasche aus dem Gepäcknetz. Christine stand auf. Da bremste der Zug ab. Damit hatte sie nicht gerechnet. Sie fiel nach vorne und schlug sich das Knie an der Holzbank. Aber sie hatte keine Zeit, danach zu sehen. Jetzt stand der Zug. Nur schnell aussteigen. Ab hier fuhren sie erster Klasse. Sehr vornehm, die Sitze lederbezogen, die Wände mit dunkelrotem Samt bespannt. Wie in einer Kutsche. Viel zu schnell waren sie in Gengenbach. Christine war richtig erschöpft von all der Anspannung und den vielen Eindrücken. Die Kinder auch.

Nach dem Essen machten sich Herr und Frau Würth fein, um zur Hochzeit zu gehen. Da erwartete Christine eine herbe Enttäuschung. Irgendwie hatte sie angenommen, dass sie mit zur Hochzeit gehen könnte. Wie dumm von ihr. Sie war das Dienstmädchen. Sie durfte nicht mit. Emilie und Margarete mussten Mittagsschlaf halten. Anschließend sollte Christine mit ihnen spazieren gehen. Die Trauung ginge zu lange und die Kleinen wären in der Kirche doch nicht still. So lag Christine auf dem Rücken auf ihrem Bett im Kinderzimmer. Sie hätte so gerne die Braut gesehen. Und den Bräutigam. Ob er wohl gut aussah? Einen Amtmann heiraten. Davon träumte wohl jede Frau. Der verdiente bestimmt 2000 im Jahr. Mehr als zehnmal so viel wie sie selbst. Da könnte sie einfach Hausfrau sein. Sie hätte ein Dienstmädchen, könnte ihre Kinder großziehen. Über diesen Träumen schlief sie ein.

Auf dem Spaziergang mit den Kleinen sah sie das Brautpaar dann doch. Sie hob Margarete hoch, damit sie auch sehen konnte. Die Zweijährige klatschte begeistert, weil sie die Musikkapelle entdeckte, die dem Zug voranging. Vier Mädchen streuten Wiesenblumen. Christine hatte nur Augen für die Braut. Sie trug die Tracht einer reichen Bauerntochter aus dem Schwarzwald. Auf dem Kopf glitzerte ein Hochzeitsschäppel, eine Art Krone aus vielen bunten Glassteinen. So eine Pracht! Im Ochsen wurde gefeiert. Christine brachte Margarete und Emilie zu ihren Eltern. Sie selbst war natürlich nicht eingeladen, aber sie grämte sich nicht. Bisher kannte sie nur Loßburg und Freudenstadt, aber Gengenbach gefiel ihr viel besser. Sie setzte sich auf den Brunnenrand, beobachtete die Leute und träumte vor sich hin. Vor den Fenstern blühten Geranien, Weinreben rankten an den Mauern. Christine schloss die Augen. Was für ein herrlich warmer Wind! Er wehte Fliederduft heran. Und Kinderlachen. Hier wollte sie wohnen.

Noch lange erinnerte sich Christine gerne an diese Fahrt zur Hochzeit. Und wenn der Wind in

Loßburg kalt durch den Hof fegte, dachte sie an die laue Frühlingsluft in Gengenbach. Wenn sie dort wohnen könnte!

Noch Holz holen, dachte Christine an diesem Donnerstagabend müde. Dann kann ich mich endlich hinsetzen. Sie hatte gar keine Lust zum Lesen heute, obwohl sie sich sonst donnerstags immer auf „Heidi" freute. Der Tag war anstrengend gewesen. Frau Würth hatte Besuch zum Tee. Christine sollte solange die Kinder hüten. Aber heute war das ein Geheule. Vermutlich bekam Margarete wieder einen Backenzahn oder sie war am Krankwerden. Frieda und Martha zankten sich dauernd. Einmal musste Christine sie sogar auseinanderziehen, weil sie sich klopften und an den Haaren rissen. Christine seufzte. Hoffentlich schliefen sie jetzt wenigstens, während sie im Flur saß. Sie hatte keine Lust mehr auf Geschrei.

Mit dem Holzkorb stieg sie die Hintertreppe zum Holzschuppen hinab. Der Garten war fast dunkel. Eine Amsel sang. Christine sog die Abendluft ein. Wenn ich doch einfach ein Stück spazieren gehen könnte, dachte sie sehnsüchtig. Bei der Tür zum Holzschuppen stand jemand. Herr Würth? Was tat er um diese Zeit hier draußen? Sie erschrak. Ihr Herz klopfte wild. „Na Mädel? So spät noch bei der Arbeit?" Dumme Frage. Das wusste er doch. „Ich muss schnell noch Holz holen. Ihre Frau wartet auf mich." Er lachte ziemlich künstlich. „Die ist schon weg." Jetzt bekam Christine richtig Angst. Er hatte sie abgepasst. Sie ließ den Korb fallen und wollte ins Haus zurück. Aber er war schneller und schob sie in den Holzschuppen. Sie bog und wand sich, aber er hielt sie fest und drückte ihr einen ekligen, nassen Kuss auf den Mund, dass ihr fast die Luft wegblieb. Dann löste er ihre Schürzenbändel und machte sich an die Blusenknöpfe, Christine konnte keinen klaren Gedanken fassen. Nein, nicht das! Weg, irgendwie weg. Da fielen ihr blitzartig die Worte der Bedienung vom Hirschen ein. Die hatte immer gesagt: „Mit dem Absatz auf den kleinen Zeh, das tut dem Verehrer weh!" Vielleicht half das. Mit aller Kraft trat sie ihm auf die Zehen. Er schrie auf, lies sie für Sekundenbruchteile los und sie rannte. Rannte aus dem Schuppen, zum Gartentor hinaus, auf die Wiese, an den Gärten entlang zum „Goldenen Pflug". Maria öffnete ihr Fenster. Als sie Christines verstörtes Gesicht sah, half sie ihr über den Fenstersims herein. Jetzt kamen die Tränen. Christine warf sich aufs Bett und weinte und weinte. Maria strich ihr über den Rücken. Arme Christine. „Wer?" fragte sie nur. „Herr Würth." Sie wollte es nicht glauben. Wer hätte das gedacht? So ein anständiger, freundlicher Herr, charmant, überall beliebt, nett. Aber so wie ihre Freundin aussah, gab es keinen Zweifel. Christine schloss verstohlen ihre Blusenknöpfe. Die Schürze lag irgendwo im Garten. Und jetzt? „Maria, ich hab meinen Herrn mit dem Absatz auf die Füße getreten. Da hat er mich kurz losgelassen und ich konnte weg. Aber stell dir vor, ein Dienstmädchen, ihrem Herrn. Das hätte ich nicht tun dürfen." „Christine," Maria sah Christine eindringlich an. „Christine, er hätte das nicht tun dürfen. Es war sein Fehler. Es ist doch dein Recht, dich zu wehren." „Ich weiß nicht, was mein Recht ist. Ich weiß gar nichts mehr." Eng aneinander gelehnt, schwiegen sie eine ganze Zeit lang. „Vielleicht solltest du dir besser eine andere Stelle suchen." Christine hörte es gar nicht. Ihr war etwas eingefallen. Sie stand ruckartig auf. „Ich muss wieder rüber! Frau Würth verlässt sich darauf, dass ich nach den Kindern schaue. Margarete war den ganzen Tag schon so weinerlich. Und wenn sie jetzt ruft, ist keiner da." Sie zupfte ihr Häubchen gerade. „Hättest du mir vielleicht eine Schürze? So kann ich nicht rumlaufen. Und in den Garten gehe ich heute Abend sicher nicht mehr." Maria holte ihre zweite Schürze aus dem Schrank. „Ich brauch sie am Samstag wieder. Mach sie nicht schmutzig, ich hab keine andere."

Christine verabschiedete sich hastig, kletterte aus dem Fenster und lief davon. Sie wusste, dass das Fenster in der Waschküche nur angelehnt war. So schlich sie ums Haus, durch Waschküche und Keller. Als sie in den Flur vor dem Kinderzimmer kam, hörte sie Margarete leise weinen. Sie hob das Kind aus dem Gitterbett und drückte es an sich. Margarete kuschelte sich in ihren Arm und hörte sofort auf zu weinen. Den linken Daumen im

Mund, die rechte Hand unter Christines Zopf schlief sie ein. Christine setzte sich auf einen Stuhl in der Ecke. Durch die angelehnte Tür fiel ein schmaler Lichtstreifen aufs Parkett. Margarete drehte im Halbschlaf Christines Zopfende um die Finger. Wie gut ihr das Kind tat. Christine atmete tief ein. Hier war sie sicher. Alle Aufregung fiel von ihr ab.

Margarete roch frisch gebadet nach feiner Seife und Creme. Es rasselte bei jedem Atemzug in ihrer Nase. Vom Zahnen vermutlich. Martha drehte sich im Bett herum und kicherte im Schlaf. Frieda atmete tief und gleichmäßig. Christine lehnte sich zurück. Sie liebte diese Kinder. Und Frau Würth und ihre Arbeit. Aber konnte sie wirklich hier bleiben? Fast wäre sie selbst eingeschlafen, da hörte sie Schritte auf dem Flur, Röcke rascheln, eine Handtasche wurde abgestellt. War es schon zehn? Die Tür ging auf. „Ach, hat sie geweint?" flüsterte Frau Würth, „ Dieser Backenzahn macht ihr Mühe." „Ich glaube, sie schläft wieder." Christine legte Margarete ins Bett und deckte sie zu. „Vielen Dank, dass sie so lange ausgehalten haben, Christine. Sie können jetzt nach oben gehen." Wie im Traum zog sich Christine aus, löste ihr Haar und kämmte es durch, wusch sich an der Waschschüssel und stieg ins Bett. Da saß sie mit hochgezogenen Knien, an die Wand gelehnt und grübelte. Er würde es wieder versuchen. Ganz sicher. Sie überlegte hin und her: Was kann ich tun, um es zu verhindern? Holz holen kann ich tagsüber, wenn er im Laden ist. Erna wird sich wundern, aber mir wird schon eine gute Erklärung einfallen. Ich muss auf der Hut sein, besonders wenn Frau Würth außer Haus ist. Also vor allem donnerstags. Schade, bis jetzt habe ich mich immer auf die Donnerstage gefreut.

Eine andere Stelle hat Maria gesagt. Sie seufzte tief. Hier habe ich es gut. Ich liebe die Kinder. Von Erna will ich eigentlich auch nicht weg. Und ich verdiene gut. Überhaupt: wo soll ich denn hin? Ach, am liebsten wäre ich gar kein Dienstmädchen mehr, sondern Hausfrau. Aber das Geld reicht noch nicht für einen Hausstand. Sie holte die Keksdose, zählte Scheine und Münzen im Mondlicht und rechnete. Richtig vorstellen konnte sie sich das Geschirr und die Bettwäsche, die sie davon kaufen würde. So ein Soßenkännchen aus Porzellan wie Frau Würth hat, wäre auch dabei. Wenn sie nur schon verheiratet wäre und Herrin im Haus. Dann müsste sie sich nicht mehr vor ihrem Dienstherren verstecken. Sie würde ihren Mann verwöhnen, ihm was Leckeres kochen, wenn er von der Arbeit kam. Sie würde ihre Kinder so gut erziehen und so lieb mit ihnen umgehen, wie Frau Würth es tat. Hell und freundlich sah die Zukunft in ihren Träumen aus. Nur der richtige Mann fehlte noch. Sie legte sich aufs Kissen zurück und während sie sich ausmalte, wie ihr Traummann aussah, schlief sie ein.

Die Köchin schickte sie in den Laden. Auch das noch. Erna schrieb immer einen großen Zettel, den Christine kaum lesen konnte. Vor dem Spiegel im Flur blieb sie stehen und musterte ihre Dienstmädchenkleidung. Herr Würth legte großen Wert auf ein gepflegtes Aussehen seines Personals. Sie wischte mit der Hand etwas Staub vom rechten Schuh, zupfte das Häubchen zurecht und ging zur Hintertür hinaus, um das Haus herum zur Ladentür. Direkt vor ihr wollte die Frau des Schusters in den Laden. Sie hielt ihr die Tür auf. „Guten Morgen, Kaufmann Würth.", rief sie gut gelaunt. „Guten Morgen, Frau Schuster Link!" Herr Würth beachtete Christine nicht. Beflissen lief er hier hin und dort hin, um die Wünsche seine Kundin zu erfüllen. „Habt ihr immer noch das kleine Dienstmädchen?" fragte die Schustersfrau plötzlich abfällig. „Die ist ja kaum größer als Frieda! Kann sie wirklich arbeiten?" Sie lachte meckernd. „Ja, ja, wir sind zufrieden." brummte der Kaufmann, „ Wenn sich nur das Personal nicht hin und wieder nachts auf der Straße herumtreiben würde…" Er hatte es nur leise gesagt, aber Christine hatte es wohl schon hören sollen. Sie traute ihren Ohren nicht. Das war einfach nur gelogen. Der miese Kerl. Das war gestern das erste und einzige Mal gewesen. Und es war seine Schuld. Warum machte er sie schlecht vor den Leuten? „Solange sie ihnen kein Kind heimbringt, Herr Würth!" Frau Link lachte über ihren eigenen Witz. Die meckert wie eine Ziege wenn sie lacht, dachte Christine böse. Aber sie ließ sich nichts anmerken. Als Frau Link endlich den Laden verließ, knickste sie artig. Mit Herrn Würth zu reden hatte sie keine Lust. Sie gab ihm einfach den Zettel. Der stapelte ebenso wortlos eine Tüte Zucker, Kaffee und Seife in den Korb. Einen kleinen Sack Reis stellte er daneben. Während er alles zusammensuchte, schaute sie sich ein bisschen im Laden um. Dazu hatte sie sonst keine Gelegenheit, obwohl sie im selben Haus wohnte. Sie bestaunte die hübschen Kristallvasen, Glasschüsseln und Saftkrüge. Scheren, Nadeln, Stricknadeln, Nähfaden. Weiter hinten Sägen, Hämmer und Nägel. Dann Petroleum und Waschpulver, Stoffe, Papier. Einfach nur schauen und riechen, befühlen, bewundern. Aber da war Herr Würth schon fertig und rief nach ihr. Sie hob den schweren Korb von der Ladentheke und verabschiedete sich. Die Ladenglocke bimmelte. „Frau Metzgerin Trautwein.", Herr Würth überschlug sich fast vor Höflichkeit. Für Christine hatte er keinen Blick. Sie war Luft für ihn. Aber das war ihr eigentlich recht.

Als sie die Einkäufe in die Küchenschränke räumte, kam Erna vom Metzger zurück. Das Fleisch suchte sie gerne selbst aus. Sie behauptete, schlechtes Fleisch könne die ganze Mahlzeit verderben. Außerdem war Metzger Trautwein ein großzügiger Mann, der den Dienstboten öfters noch eine Rauchwurst oder ein Stück Speck extra in den Korb legte. Mit einem Augenzwinkern. Die

durfte Erna nach der Arbeit mit nach Hause nehmen. Das war wohl der eigentliche Grund, warum
sie so gerne selbst zum Metzger ging.

An diesem Freitag gab es Gemüseeintopf. Das
Suppenfleisch kam gleich ins heiße Wasser. Gemüse schneiden war Christines Aufgabe. Erna war bei
bester Laune. Sie summte vor sich hin. Der Vanil-
lepudding für den Nachtisch blubberte schon im
Topf. Sie goss ihn in die schönen Kristallschüsseln,
stellte sie auf ein Tablett und öffnete das Fenster.
Vor dem Fenster war ein Brett angebracht, das als
Kühlschrank diente. Das Küchenfenster ging nach
Norden hinaus und hier war es eigentlich immer
kühl.

Der Nachmittag war anstrengend, denn heute
musste Christine die Matratzen aus den Betten
holen, in den Garten schleppen und ausklopfen.
Sorgfältig räumte sie die Kissen und Decken der
Herrschaften ans Fenster und trug die Matratzen
die Treppe hinab. Sie lehnte sie an die Schuppen-
wand und klopfte mit dem Teppichklopfer, dass
der Staub nur so flog. Sie dachte an die Worte der
Schustersfrau. Natürlich kann ich arbeiten. Wütend ließ sie den Klopfer niedersausen. Auch wenn
ich klein bin. Jedes Bett hatte drei dicke, schwere
Matratzen. Sie fegte unter den Betten. Wie viel
Staub sich ansammelt in vier Wochen! Als das
Schlafzimmer der Herrschaften wieder eingeräumt
und ordentlich war, lehnte sich Christine müde an

den Türpfosten. Jetzt war noch das ganze Kinderzimmer zu machen.

Am Sonntagnachmittag hatte Christine frei. Gleich nach dem Mittagessen wanderte sie mit Maria nach Ursental hinab, um ihre Eltern zu besuchen. Sie freute sich besonders auf Friederike. Ihre große Schwester Anna war mit ihren vier Kindern zu Besuch, deshalb war die Stube voller Leute. Christine, Friederike und Maria setzten sich lieber auf die Bank vor dem Haus. „ Und wie geht es dir beim Kaufmann Würth?" Friederike legte den Arm um ihre Schwester und Christine lehnte den Kopf an ihre Schulter. Wie gut das tat! Einfach nur da sitzen und verstanden werden. Trotzdem beschloss sie, nichts von dem Vorfall am Donnerstag zu erzählen. Sie wollte ihre Schwester nicht beunruhigen. Tief drinnen war ihr klar, dass sie besser kündigen sollte. Und Friederike hätte sie sicher dazu gedrängt. Aber damit wollte sie sich jetzt nicht beschäftigen. Also sagte sie nichts. Vielleicht hätte sie es besser getan. „Die Arbeit ist anstrengend. Und es nervt mich, dass andere mich herumschicken." „Ich weiß," lachte Friederike. „Du träumst vom eigenen Haushalt." „Klar, das habe ich nicht aufgegeben. Träumen wird man ja wohl noch dürfen." „Und ist schon ein passender Mann in Sicht?"neckte Friederike. „Nein, aber wie soll ich auch einen kennenlernen? Ich darf ja nicht fort. Nur am Sonntagnachmittag. Aber bis jetzt reicht auch mein Geld noch nicht. Bis ich es zusammen hab, wird mir schon noch einer über den Weg laufen." Die Mutter rief zu Tisch. Es gab Kuchen und warme Milch. Der Nachmittag verging wie im Flug. Schon war es Zeit, nach Loßburg zu gehen. Zwei lange Wochen musste sie wieder arbeiten bis zum nächsten freien Wochenende.

Kapitel 5

Am nächsten Donnerstag holte Christine schon am Nachmittag Holz. Als Frau Würth ihre Strickjacke anzog und die Tasche vom Haken nahm, um in den Frauenverein zu gehen, setzte sie sich gleich in den Flur vors Kinderzimmer. Hier würde Herr Würth sie in Ruhe lassen. Sie legte „Heidi" auf das kleine Tischchen und versank in der Geschichte. Die Kinder schliefen, die Stunde verging wie im Flug. Als die Uhr neun schlug, wollte sie noch nicht aufhören. So blieb sie noch ein bisschen und las, bis ihr die Wörter vor den Augen verschwammen vor lauter Müdigkeit. Sie stellte das Buch ins Regal zurück und ging nach oben. Es war ein langer, schwerer Tag gewesen. Mechanisch kämmte sie die Haare durch, flocht sie zu einem dicken Zopf, damit sie nachts nicht durcheinander kamen. Sie streifte das Nachthemd über und kroch erschöpft unter die Decke. Kurz bevor sie einschlief, hörte sie plötzlich Schritte auf dem Flur. Seit sie hier wohnte, war noch nie jemand heraufgekommen. Schon gar nicht im Dunkeln. Herr Würth? Gelähmt vor Schreck starrte sie auf die Tür. Der Riegel, schnell! Aber es war zu spät. Schon drückte er die Tür auf. Wie ein großer dunkler Schatten stand er im Zimmer. Dann ging alles sehr schnell. Er hatte nicht viel Zeit, denn seine Frau würde bald zurück sein.

Er drückte sie aufs Bett und zog sie aus. Christine wehrte sich. Aber es half nichts. Er war viel stärker als sie. Ihre Blumenvase kippte um, das Wasser tropfte auf die Dielen. Ein ekliger Kuss. Er ging so rau mit ihr um, dass sie vor Schmerz aufschrie. Es klirrte leise: das Bild ihrer Eltern ging zu Bruch, die Keksdose kippte scheppernd auf den Boden und die Münzen rollten in alle Richtungen. Herr Würth stöhnte lustvoll. Nicht einmal die Jacke hatte er abgelegt. Seelenruhig zog er die Hose hoch. Er nahm Christines Spiegel vom Tisch, drehte ihn so, dass die letzte Helligkeit von draußen darauf fiel, rückte seine Halsbinde zurecht und strich sich über den Schnurbart. Dann ging er zur Tür."Gute Nacht, mein Püppchen," säuselte er zuckersüß und zog die Tür zu. Wie betäubt lag Christine auf dem Rücken. Püppchen. So fühlte sie sich. Benutzt. Als Spielzeug eines Mannes, der sie verachtete. Benutzt und liegen gelassen. Sie drehte sich zur Seite und schluchzte. Das Blumenwasser tropfte immer noch, ihre schöne Tischdecke war nass. Das Bild hatte einen Sprung, ihr Geld lag im Zimmer verstreut. Ein Bild der Verwüstung. Jetzt erst merkte sie, dass sie fror. Sie zitterte immer heftiger. Mühsam ging sie zur Waschschüssel. Angeekelt wusch sie sich. Sie heulte. Als sie wieder unter die Decke kriechen wollte, merkte sie, dass das Leintuch feucht war. Nein, so konnte sie nicht schlafen. Also riss sie das Bettzeug herunter, wusch die Stelle mit Wasser und hängte das Laken über das Regal.

Lange saß sie auf der Bettkante zwischen dem zerwühlten Bettzeug und starrte vor sich hin. Bis sie so müde war, dass sie auf der blanken Matratze, kaum zugedeckt, einschlief.

Entsprechend gerädert erwachte sie am nächsten Morgen. Schlagartig war alles wieder da. Sie wusch sich wieder und wieder. Es war einfach ekelig. Langsam zog sie sich an. Sammelte ihr Geld ein. Flocht die Haare und steckte das Häubchen auf. Sie würde kündigen müssen. Aber selbst dann musste sie noch drei Monate bleiben. So lautete ihr Vertrag. Und wenn sie ohne rechten Grund kündigte, stand das für immer in ihrem Gesindebuch. Jeder würde sie fragen. Und wie sollte sie ihre Kündigung begründen? Niemand würde ihr glauben, dass Herr Würth so etwas tut. Was sollte sie nur tun? Er würde wiederkommen. Das war sicher. Sie brachte einfach ihre Gedanken nicht auf die Reihe. Und sie musste an die Arbeit, es war Zeit.

Aber sie brachte es nicht fertig, zu kündigen. Der Tag verging. Sie grübelte und überlegte. Wie sollte sie es anfangen? Und gerade heute war Frau Würth so freundlich zu ihr. Ob es ihr nicht gut gehe? Sie könne sich doch ein wenig hinlegen. Und dann waren die Kinder so lieb: Martha malte ihr ein Bild, ein See mit Entchen und Fischen. Christine liebte diese Kinder. Sie wollte nicht weg. Der Tag war furchtbar. Sie war absolut nicht bei der

Sache. Erna konnte gerade noch verhindern, dass sie fünf Esslöffel Salz in den Pudding kippte. Sie sah Christine an. Ob sie etwas ahnte? Es war Abend und sie hatte nicht gekündigt. Sie brachte es einfach nicht fertig. Aber ihr war klar, wenn sie blieb, würde er wieder kommen. Und zwar immer wieder. Was konnte sie bloß tun?

Nach Feierabend räumte sie ihr Zimmer auf, warf die Blumen weg, die inzwischen verwelkt waren, stellte das Bild mit dem Sprung auf den Tisch zurück. Die Tischdecke schimmerte noch feucht. Aber das Leintuch konnte wieder ins Bett und so sah es gleich wieder gemütlicher aus. Plötzlich durchfuhr sie ein Gedanke: Wenn ich nun ein Kind kriege? Oh nein, das durfte nicht passieren! Wie sollte sie arbeiten gehen mit einem Säugling? Wo sollte sie es unterbringen? Ihre Mutter nahm es sicher nicht. Sie war sowieso der Meinung, Christine kleide sich zu aufreizend. Und warum flechte sie auch ihre Haare immer so hübsch? Das müsste die Männer ja verführen. Christine schlug die Hände vors Gesicht. Ein Kind, nein, das durfte nicht passieren. Sie musste hier weg, so schnell wie möglich. Sie lehnte sich an die Wand neben dem Fenster und weinte. Kein Kind, bitte kein Kind! Ihr war schlecht vor Angst. Wenn sie ein Kind bekam, würden Würths sie sowieso wegschicken. Natürlich, das taten die meisten Herrschaften. Die Wut schnürte ihr den Hals zu. Warum konnte Herr Würth sie nicht einfach in Ruhe lassen? Warum konnte sie nicht einfach ihre Arbeit tun? Sie schlüpfte unter die Bettdecke, aber der Schlaf wollte nicht kommen. Stundenlang lag Christine wach. Sie musste kündigen. Aber sie traute sich nicht. Was, wenn Frau Würth fragte, warum? Christine drehte sich unruhig hin und her. Erst gegen Morgen schlief sie ein.

Zu kündigen brachte sie einfach nicht fertig. Tagelang quälte sie sich. Sie getraute sich nicht. Sie wollte nicht bleiben, aber sie brachte es nicht über sich, Frau Würth anzusprechen. Am nächsten Donnerstag, als es Zeit war, zu Bett zu gehen, ging sie nicht in ihre Dachkammer. Sie schlich in den Keller und setzte sich in der hintersten Ecke auf eine Kiste. Dort hockte sie im Dunkeln, bis oben die Haustür klapperte. Frau Würth war wieder zu Hause. Christine wartete noch, bis es still war im Haus, dann tappte sie leise die Treppe hinauf. Puh, für heute war es gut gegangen. Aber das war keine Lösung.

Eines Morgens rief Frau Würth sie zu sich ins Esszimmer, weil sie gehört hätte, ihr Dienstmädchen streife nachts draußen herum. Ob das sein könne? Christine wurde rot bis an die Haarwurzeln. Sie wusste, aus welcher Ecke dieses Gerücht kam. Herr Würth selbst hatte es in die Welt gesetzt. So eine Gemeinheit! „Ich…" stammelte sie. „Nein, Frau Würth, wo sollte ich auch hin?" „Aber wie entsteht dann so ein Gerede? Meistens ist etwas Wahres dran." „Ich war nur ein Mal bei Maria. Das ist meine Freundin im Hotel Pflug. Nur einmal." „Sie wissen, Christine, ich will ihnen vertrauen. Aber in letzter Zeit beobachte ich eine Veränderung an ihnen. Ich will nicht belogen werden. In meinem Haus soll es ehrlich zugehen." Christine presste die Lippen zusammen. Wenn Frau Würth wüsste, wie es in ihrem Haus zuging. Wie gerne hätte sie ihr alles erzählt. Ihr erklärt, warum sie nicht bleiben konnte. Aber das ging nicht. Frau Würth hätte ihr sowieso nicht geglaubt. Wer traute auch diesem anständigen Familienvater so was zu? Und sie war nur ein gewöhnliches Dienstmädchen, weiter nichts. Frau Würth runzelte die Stirn. Sie verstand nicht, was in ihr Mädchen gefahren war. Aber irgendetwas stimmte nicht. Das spürte sie genau.

Ein paar Wochen ging es gut. Christine wachte donnerstags pflichtgemäß bei den Kindern, dann versteckte sie sich irgendwo, bis Frau Würth heimkam und ging danach leise die Treppe hinauf. Aber an einem Donnerstag stand Herr Würth mitten im Esszimmer, als Christine gerade im Begriff war, das Heidibuch zu holen, um sich in den Flur zu setzen. Die Kinder schliefen, das Haus war leer. Er vergewaltigte sie auf dem kleinen roten Sofa am Fenster. Christine war starr vor Schreck. Hier hatte sie sich sicher gefühlt. Dass er sie hier erwarten würde, hatte sie niemals gedacht. Mitten in der Wohnung, direkt neben dem Kinderzimmer. Christine schämte sich. Sie blieb völlig zerwühlt, halb ausgezogen und gedemütigt zurück, als er im Salon verschwand. Sie ging in die Küche, um sich wieder ordentlich zurecht zu machen. So konnte sie doch ihrer Herrin nicht unter die Augen treten. Als sie am Flurspiegel vorbei kam, sah sie ihr verstörtes Gesicht. Sie bot solch ein erbärmliches Bild, dass sie in Tränen ausbrach. Lange saß sie am Küchentisch und weinte. Dann wusch sie sich, zog sich ordentlich an und setzte sich in den Flur. Die Lust am Lesen war ihr vergangen. Trotzdem holte sie eine Zeitschrift aus dem Esszimmer und tat sehr vertieft, als Frau Würth heimkam.

Die Wochen vergingen. Christine machte sich Sorgen. Schon länger waren ihre Tage ausgeblieben. Eines Morgens war ihr so schlecht, dass sie es gerade noch zum Klo schaffte, um sich zu übergeben. Ihr Kreislauf spielte verrückt. In dieser Nacht wachte sie auf und ihr war schlagartig klar: ich bin schwanger. Panik stieg in ihr hoch. Ein Kind! Wie sollte das gehen? Nein, nicht zu Hause bei ihrer Mutter wohnen! Sie konnte sich das lebhaft ausmalen: Jeden Tag Vorwürfe und Reibereien. Sie wollte arbeiten und Geldverdienen. Endlich heiraten, einen eigenen Haushalt haben. Ein Kind würde alles zerstören! Ihr Herz klopfte wie verrückt, sie hatte Angst, keine Luft zu bekommen. Sie schlug die Decke zurück und stellte die Füße auf den Boden, weil sich alles drehte. Ihr war schlecht vor Angst und niemand war da, mit dem sie reden konnte. Ihre Panik wurde immer schlimmer. Sie ging im Zimmer auf und ab. Da fiel ihr Blick auf das Hochzeitsbild ihrer Eltern. „Lächle, Mädchen. Verliere nicht deinen Humor." hörte sie ihren Vater sagen. „Wenn etwas nicht zu ändern ist, dann mach das Beste draus." Sie sank aufs Bett und schlug die Hände vors Gesicht. Ihr lieber Vater, wenn er wüsste, was sie durchmachte. Jetzt kamen ihr die Tränen. Ja, ihm würde sie alles erzählen. Gleich am Sonntag. Er würde ihr glauben und sie verstehen. Sie holte ein Taschentuch und schnäuzte sich. Ja, der Vater würde wissen, was zu tun war. Mit diesem Gedanken getröstet konnte sie endlich einschlafen.

Es war gar nicht so einfach, ihren Vater allein zu erwischen. Am Sonntag hatte ihre Mutter Geburtstag und das Haus war voller Verwandtschaft. Christine lief ihm nach, als er in den Keller ging, um Most zu holen. „Vater, ich muss dir etwas Schlimmes sagen." Sie legte die Hand auf seine Schulter, als er den Krug unter dem Mosthahn abstellte. Er richtete sich auf und sah sie an. Sie senkte den Blick, weil ihr schon wieder Tränen in die Augen schossen. „Ein Kind…" mehr brachte sie nicht heraus. „Ja, dann heirate doch, Christine. Alt genug bist du schließlich. Und das Geld müsste auch bald reichen." Er begann den Most zu zapfen. „Vater, es war Herr Würth!" Er schoss auf und sah ihr entsetzt in die Augen. Dann schwieg er so lange, dass sie fast Angst hatte, er glaube ihr nicht. Langsam ließ er sich auf ein Fass sinken und starrte Christine an. „Das hätte ich nun zuletzt gedacht." brachte er heraus. Er glaubte ihr! Immer wieder schüttelte er ungläubig den Kopf. Schließlich stand er ruckartig auf. „Mutter wartet auf mich, Christine. Lass mir ein bisschen Zeit, darüber nachzudenken. Vielleicht finden wir eine Lösung." Er nahm den Krug und ging nachdenklich die Treppe hinauf. Seine arme kleine Christine.

Nach dem Essen zwinkerte er seiner Tochter zu und deutete nach draußen. Sie trafen sich auf der Bank vor dem Haus. „Ich glaube, ich weiß, wie es gehen könnte, Christine." Er holte seine Pfeife und begann sie zu stopfen. „ Du sollst arbeiten können. Ich weiß, das ist dir wichtig. Mutter nimmt das Kind sicher nicht, das weiß ich auch, ohne mit ihr zu reden. Aber wir könnten Friederike fragen. Sie würde das vielleicht gern machen." Dass sie selbst nicht auf die Idee gekommen war. „Ach Vater, du bist so lieb. Natürlich. Ich frage sie gleich." „Christine," der Vater hielt sie zurück. „Sag Mutter heute noch nichts. Sonst ist der ganze Geburtstag durcheinander." Christine grinste. Das Donnerwetter musste heute nicht sein, wo doch die Verwandtschaft da war. Christine sprang fröhlich davon. Vielleicht konnte noch alles gut werden. Friederike hörte ihr still zu und nickte ernst. So ein Kind war eine große Aufgabe. Natürlich wollte sie es großziehen, bis Christine heiratete. Das würde ihr sogar Freude machen. Wo sie doch selbst keine Kinder hatte. So ging Christine an diesem Sonntagabend zuversichtlich nach Loßburg zurück. Aber wie würde sie es Frau Würth beibringen? Schließlich hatte sie beteuert, nachts nicht draußen gewesen zu sein. Musste sie jetzt auch noch lügen wegen Herrn Würth?

Zunächst fand sie keine rechte Gelegenheit, mit Frau Würth zu reden. Der Hausacher brachte am Montagmorgen die bestellten Erdbeeren. So standen Christine und Erna den ganzen Montag in der Küche und kochten Erdbeermarmelade. Am Dienstag war Marthas sechster Geburtstag. Dafür backte Erna einen Erdbeerkuchen. Am Nachmittag kam die Schwester von Herrn Würth mit ihren Kindern zum Kaffee. Christine öffnete die Tür und knickste artig. Sie hatte den Eindruck, die Dame füllte den ganzen Hausflur mit ihrer Erscheinung. Sie roch nach teurem Parfüm, ihr Kleid rauschte und knisterte bei jedem Schritt. Sie trug einen auffälligen Strohhut nach französischem Vorbild, drapiert mit blass-lila Schleife und einer roten Kunstblume, den sie selbst am Kaffeetisch nicht abnahm. Ihre drei Kinder waren etwas älter als die Würthkinder. Nachdem sie den Kaffee serviert hatte, es gab heute echten Kaffee für die Erwachsenen, wurde sie mit allen Kindern in den Garten geschickt. Margarete kletterte sofort auf ihren Schoss und wollte Geschichten hören. So erzählte Christine das Märchen von den Bremer Stadtmusikanten. Und vom Sterntaler und von Hänsel und Gretel. Und als Margarete immer noch nicht genug hatte, fing sie an, die Geschichte von Heidi zu erzählen. Den Schluss kannte sie leider noch nicht, aber das machte nichts. Nach und nach setzten sich auch die Großen dazu. „Wie heißt du?" fragte der große Junge. Er war vielleicht acht. „Ich heiße Christine," antwortete sie. „Unser Dienstmädchen heißt Dora. Nein, eigentlich heißt sie Elisabeth. Aber meiner Mutter gefiel Dora besser. Dann heißt sie halt Dora." „Ihr könnt doch nicht einfach ihren Namen …" Christine konnte es kaum glauben. „Ist doch nur ein Dienstmädchen. Meine Mutter sagt, sie gehört uns praktisch." Christine schaute den Jungen verständnislos an. Aber der plapperte einfach weiter. „Wir sind reiche Leute, weißt du. Wir können uns sogar noch ein Kindermädchen leisten. Die beiden schlafen auf dem Zwischenboden." Davon hatte Christine schon gehört. In manchen Häusern hatte man in der Küche einen Schlafplatz für die Dienstboten eingerichtet. Das war ein winziges Kämmerchen unter der Küchendecke, das man über eine Leiter erreichte. Nur das Bett hatte Platz. Man konnte darin nicht stehen. Und der feuchte Küchendampf zog hinein. Plötzlich war Christine froh über ihr Kämmerchen unter dem Dach. Auch wenn es im Sommer heiß und im Winter bitterkalt war. Aber es war ihr kleines Reich. Ja, hier wollte sie weiter arbeiten. Frau Würth war ja viel netter, als ihre Schwägerin. Und jetzt würde Herr Würth sie wohl in Ruhe lassen. Aber sie war nicht sicher, ob Frau

Würth sie wirklich behalten wollte, jetzt, wo sie in anderen Umständen war. Der Junge redete immer weiter, Christine hörte kaum zu. Ihr gefiel das nicht. Er sprach, als ob Dienstmädchen nichts wären. Nur ein Besitz. Das stimmte doch gar nicht. Sie jedenfalls war jemand. Und sie war froh, dass Frau Würth sie auch so behandelte.

Kapitel 6

Irgendwann musste sie es Frau Würth sagen. Woche um Woche verging. Das Kleid spannte bereits über dem Bauch. Sie getraute sich nicht. Wieder mal. Wie immer. Ihrer Mutter musste sie es nicht sagen. Der Vater hatte es ihr erzählt. Wer denn der Kerl sei, wollte sie wissen. Aha, das hatte der Vater verschwiegen. Nein, sie wollte es auch nicht sagen. Nein, heiraten könne sie den Mann nicht. Warum, könne sie nicht sagen. Christine hasste es jetzt schon. Jeder würde fragen. Aber wenn sie weiter bei Würths arbeiten wollte, musste sie den Mund halten. Hoffentlich durfte sie. So eine Arbeitsstelle fand sie nicht wieder. Jetzt würde Herr Würth sie ja wohl in Ruhe lassen. Oder sollte sie doch lieber gehen?

In der folgenden Woche nach dem Frühstück hielt Frau Würth Christine zurück, als sie gerade mit dem Tablett zur Tür hinaus wollte. „Christine, ich muss mit ihnen reden. Bitte setzen sie sich einen Moment." Christine setzte sich langsam auf den Stuhl. „Ja?" fragte sie leise. „Was ist los mit ihnen? Haben sie Schmerzen? Sie bewegen sich anders als sonst." Christine schossen die Tränen in die Augen. So viel Fürsorge und Freundlichkeit lagen in diesen Worten. Und diese Frau sollte sie anlügen? „ Es tut mir leid, Frau Würth. Ich kann nichts dafür…" Sie kramte in der Schürzentasche nach einem Taschentuch. Aber es tropfte schon. „Christine." Rief Frau Würth erschrocken. „Sie sind ja totenbleich!" „Ich, ich… bin in anderen Umständen, Frau Würth." Jetzt war es heraus. „Ein Kind?" Frau Würth atmete tief ein. Dann sah sie Christine in die Augen. „Sie waren doch nachts unterwegs. Und ich habe ihnen geglaubt." Hilflos presste Christine die Lippen zusammen. Nur jetzt nichts Falsches sagen. „Ich wollte es nicht." ‚stammelte sie. „Es tut mir so leid." Frau Würth schüttelte immer wieder den Kopf. „Gehen sie. Ich brauche… ich muss das erst begreifen." Christine nahm das Tablett. Alles drehte sich. Sie stellte das Geschirr auf das Tischchen im Flur und schaffte es gerade noch zum Klo. Sie übergab sich. Ihr war so schlecht. Erna sah sie lange an, als sie so bleich zur Küchentür herein wankte. „Kind, mit dir stimmt was nicht. Ist bei dir was Kleines unterwegs?" Christine legte den Kopf auf die Tischplatte und weinte. Erna setzte sich mitfühlend dazu und streichelte sie sanft. „Arme Kleine.", murmelte sie. „Normalerweise ist ein Kind eine große Freude. Aber nach Glück sieht das hier gar nicht aus." Christine lehnte sich an Erna. „Mir ist so furchtbar elend. Hoffentlich wirft mich Frau Würth jetzt nicht raus. Oh Erna, alles ist so schrecklich." Lange saßen die beiden so da. Das Apfelmus musste warten. Christine beruhigte sich langsam. Erna tat ihr gut.

Am Nachmittag rief Frau Würth nach Christine. Die war auf das Schlimmste gefasst. „Werden sie uns nun verlassen und heiraten, Christine?" fragte sie gleich direkt. „Nein, Frau Würth. Der Mann will mich nicht heiraten. Er wollte kein Kind. Er hat nur an sich gedacht." Und sehr leise fügte sie hinzu: „Und damit meine Träume zerstört." Frau Würth schwieg betroffen. Unglaublich. So ein Mann. „Hätten sie vielleicht jemanden, der das Kind versorgt? Ihre Mutter vielleicht?" wollte sie wissen. „Meine Schwester Friederike ist unverheiratet. Sie würde das Kind im Haus meiner Eltern großziehen." „Wollten sie denn nach der Geburt wieder bei uns arbeiten? Ich würde mich sehr darüber freuen. Wissen sie, Christine, sie sind mir sehr wertvoll. Ich würde ungern auf sie verzichten." Christine lächelte unsicher. „ Sie würden mir vertrauen, trotz...? Ich wollte sie nicht belügen, Frau Würth. Ich wollte das alles nicht..." Dann erinnerte sie sich an die Frage. „Ja, natürlich. Ich würde gerne weiter hier arbeiten. Wirklich, wenn es geht." „Das ist gut. Es wäre für unsere Kinder sehr schade, wenn sie uns verlassen würden. Sie hängen an ihnen. Ich übrigens auch." Frau Würth lächelte. „Jetzt kriegen sie erst mal ihr Kind."

Am frühen Nachmittag setzten die Wehen ein. Im Morgengrauen wurde die Hebamme geholt. Das Kind kam am 2. April 1889 kurz nach neun. Ein Mädchen. Friederike lachte entzückt, als sie es sah. „Es sieht genau aus wie du, Tine." Christine überlegte, es Friederike zu nennen. Aber die bestand auf Christine. „Es sieht aus wie du, warum soll es Friederike heißen?" Schließlich willigte Christine ein. Christine Frick Nummer zwei, zur Unterscheidung nannten sie es „Christile". Sechs Wochen blieb Christine in Ursental. Das Baby schlief von Anfang an neben Friederikes Bett. Sie versorgte es mit großer Hingabe. Dann stillte Christine ab und Friederike fütterte die Kleine mit der Flasche. Christile war ein braves Kind und alle hatten ihre Freude daran. Fast bedauerte Christine, dass sie wieder nach Loßburg musste. Aber so war es abgemacht.

Margarete begrüßte Christine stürmisch. Auch Emilie rief jetzt: „Tine, Tine!" Frau Würth freute sich. Alle hatten sie vermisst. Christine arbeitete wieder. Sie durfte jetzt jeden Sonntag nach Hause gehen. Und zwar den ganzen Tag. Das hatte Frau Würth beschlossen. Einmal hörte Christine zufällig, wie das Ehepaar Würth darüber sprach. Herr Würth wollte das gar nicht einsehen. Aber Frau Würth hatte ruhig geantwortet, dass jede Frau das Recht habe, bei ihrem Kind zu sein. Auch ein Dienstmädchen. Dabei blieb es. Christine versuchte dafür, noch mehr als früher, Frau Würth alle Wünsche von den Augen abzulesen.

Martha kam nach Ostern in die Schule. Jetzt hatte Frau Würth zwei Schulkinder. Für die Betreuung ihrer Hausaufgaben nahm sie sich viel

Zeit. Die beiden Kleinen waren solange Christines Aufgabe. Weil sie nun Dienstmädchen und Kindermädchen war, bekam sie zehn Goldmark mehr im Monat. Sie freute sich, denn ihre Keksdose war schon ziemlich schwer.

Herr Würth ließ sie in Ruhe. Nur ab und zu ein anzüglicher Satz oder ein begehrlicher Blick. Christine liebte ihre Aufgabe, sie gab sich Mühe. Ihre Zeit war ausgefüllt: unter der Woche die Arbeit, am Sonntag Christile. Immer öfters dachte sie ans Heiraten. Es war Zeit, einen Mann zu finden, aber dazu kam sie einfach nicht. An Kirchweih hatte sie sich umgesehen. Es war nicht so einfach. Sie war 24 und wollte auf keinen Fall eine alte Jungfer werden. Ihr Traum war es, im eigenen Haushalt zu schalten und zu walten, aber dazu musste sie einen Mann finden. Mit Kind waren ihre Aussichten alles andere als rosig. Das wusste sie.

Ihre Freundin Maria steckte ihren halben Verdienst in Liebesromane. Sie träumte von der großen Liebe. Manchmal las sie Christine die schönsten Stellen vor. „… Sie errötete sanft. Er nahm sie in die Arme und küsste sie zärtlich." Aber Christine glaubte nicht an die große Liebe. Man konnte auch heiraten, wenn alles so einigermaßen passte und man sich gut verstand. Man durfte nicht zu wählerisch sein. Trotzdem träumte sie manchmal von einem großen, starken Mann, der sie liebevoll in die Arme nahm und bei dem sie zu Hause sein konnte. Vielleicht begegnete sie ihm irgendwann.

Die Zeit verging. Man sagt, das sieht man am besten an den Kindern. Als die kleine Emilie mit dem ledernen Schulranzen und der Schleife im Haar vor ihr stand, wurde Christine bewusst, wie lange sie schon hier arbeitete: sieben Jahre. Als sie ankam, war Emilie gerade drei Monate alt gewesen. Nun saßen nachmittags vier Kinder bei den Hausaufgaben. Frau Würth schaute sehr genau auf die Schularbeiten ihrer Töchter. Sie war überzeugt, dass eine gute Schulbildung auch für Mädchen wichtig war. Damit war sie ihrer Zeit weit voraus, denn damals hieß es, Mädchen heiraten ja doch, wozu dann eine Ausbildung? Die Würthmädchen waren aufgeweckt und intelligent. Aus denen würde mal was werden. Frieda war schon vierzehn geworden. Im Frühjahr würde sie nach Freudenstadt zur höheren Töchterschule gehen. Das Schulgeld war hoch, aber Kaufmann Würth konnte sich das leisten. Frieda wollte Lehrerin werden, wie Lydia Kopp, die sie sehr bewunderte. Das war der einzige Beruf, der gebildeten Mädchen offen stand. Das Abitur machen und studieren war Mädchen damals noch nicht erlaubt. Martha wollte auch zur höheren Töchterschule und dann nach Karlsruhe. Sie hatte gehört, dass dort das erste Mädchengymnasium eröffnet hatte. Und wenn Frauen endlich studieren durften, wollte sie eine der Ersten sein.

Dann geschah etwas, das der Familie sehr zu schaffen machte. Im Frühjahr 1893 wurde Frau Würth schwer krank. Den ganzen Winter über hatte sie schon mit Grippe und Bronchitis gekämpft, jetzt wurde eine schwere Lungenentzündung daraus. Der Arzt verordnete Krankenhausaufenthalt und anschließend eine Kur. Christine arbeitete hart und versuchte nebenher, den Kindern die Mutter zu ersetzen. Für die Hausaufgaben kam Lydia Kopp jeden Nachmittag. Am Mittwochnachmittag, wenn der Laden geschlossen war, fuhren alle mit dem Einspänner nach Freudenstadt, um Frau Würth zu besuchen. Sie dankte Christine für ihren Einsatz. Sie sei so froh, dass sie sich auf sie verlassen könnte. Auch die Frauen vom Frauenverein kamen öfters vorbei, um zu helfen. So kamen sie gut zurecht.

Eines Abends, sie hatte gerade den Mädchen Gute Nacht gesagt, kam Herr Würth von seinem politischen Stammtisch nach Hause. Eilig lief Christine die Bodentreppe hinauf in ihr Kämmerchen. Er hatte sie all die Jahre in Ruhe gelassen. Aber sie wollte ihm nicht über den Weg laufen. Als sie oben den Gang entlang ging, hörte sie ihn schon auf der Treppe. Er kam herauf! Blitzschnell öffnete sie die Tür zur Gerümpelkammer und schlüpfte hinein. „Ich brauche eine Frau. Sofort! So viele Wochen ohne, das hält kein Mann aus." Hörte sie ihn schimpfen. Ihr Herz klopfte wild. Herr Würth stapfte schimpfend vorbei. „Der ist ja betrunken," dachte Christine erschrocken. Er riss ihre Kammertür auf. „Wo ist das Weib? Hab sie doch hinaufgehen sehen." Natürlich fand er sie in der Gerümpelkammer. Sie saß in der Falle. Er zerrte sie auf ihr Bett und riss ihr grob die Kleider herunter. Diesmal wehrte sie sich noch heftiger. Nicht noch ein Kind! Sie schrie und schlug um sich. Aber er war stärker. Sie fühlte sich unendlich allein und ohnmächtig. Hilflos. Herr Würth war längst gegangen, da lag Christine immer noch regungslos auf dem Bett, das wieder eklig nach seinem Parfüm und nach Wein stank. Sie verabscheute ihn. Was für ein grässlicher Mann. Nach außen der anständige Bürger, charmant, großzügig, freundlich. In Wirklichkeit hatte er sich überhaupt nicht im Griff. Oh, wenn das seine Frau wüsste! Christine weinte die halbe Nacht. Sie hatte Sehnsucht nach einem Leben in Geborgenheit. Wo sie nicht mehr Freiwild war für einen Herrn, der sie als Möbelstück betrachtete, das ihm gehörte. Sie wusch sich und schlief noch ein bisschen. Aber sie hatte Mühe, sich am nächsten Tag einigermaßen zurecht zu machen.

Erna sah sie ernst an, als sie in die Küche kam. Sie kannte Christine lange genug, um sofort zu sehen, dass etwas nicht stimmte. Vermutlich ahnte sie, was hier vorging, aber sie schwieg. Was hätte es auch geändert.

Sie musste weg. Tagelang grübelte Christine, wie sie ihre Kündigung begründen sollte. Gerade jetzt, wo die Familie sie so sehr brauchte. Sie dachte nach, bis ihre Gedanken nur noch im Kreis gingen. Sie kam zu keinem Ergebnis. Aber die Zeit drängte. Er würde wieder kommen. Wenn es keiner sah, küsste er sie im Vorbeigehen oder griff ihr an den Po. Am liebsten wäre sie einfach weggelaufen. Aber Weglaufen wurde in ihr Gesindebuch eingetragen und dann kriegte sie nie wieder eine Anstellung. Und Geld von einem Vierteljahr musste sie auch noch bekommen. Sie konnte es auch den Kindern nicht antun, sie einfach im Stich zu lassen.

Überraschend wurde Frau Würth ein paar Tage später entlassen. Wie schön, dass sie wieder da war. Nun würde Christine kündigen. Aber sie machte sich Sorgen. Ihre Tage blieben aus. War sie etwa wieder schwanger? Die Sorge wurde langsam zur Gewissheit. Das konnte doch nicht wahr sein! Noch ein Kind. Wo sollte sie hin mit zwei Kindern und ohne Mann?

Sie stellte eine Schüssel neben das Bett. Ihr war ständig schlecht. Besonders morgens. Und ihr war dauernd schwindelig, dass sie sich manchmal irgendwo festhalten musste. Ihr Gesicht wurde immer schmaler. Erna merkte es als Erste. „Kind, du siehst nicht gut aus. Bist du krank?" Als Christine wortlos den Kopf schüttelte, rief sie entsetzt: „In anderen Umständen?" Das erste Mal, seit sie sich kannten, umarmte Erna Christine und zog sie an sich. Wie gut das tat, dieses Mitgefühl. Christine atmete tief. Ernas Strickjacke roch nach billigem Parfüm und Mottenkugeln. Ihre Brust war weich und warm. Christines Augen füllten sich mit Tränen. „Gib nicht auf, Kind. Alles wird gut. Es kommen wieder bessere Tage. Du schaffst das." Christine schniefte. Das konnte sie sich grade nicht wirklich vorstellen. „Kannst du bitte das Geschirr abtrocknen, Mädchen? Wir müssen weitermachen." So war Erna, herzlich und nüchtern. Jammern war nicht ihre Art.

Auch Frau Würth sah, dass mit Christine etwas nicht stimmte. Als sie am Freitag das Mittagessen auftrug, fragte sie: „Christine, ist ihnen nicht gut? Sie sind ja bleich wie eine Wand." „Nein,…ich," stammelte sie. Christine wurde rot. Hier vor den Kindern, wie peinlich. Kein Wort brachte sie heraus. Herr Würth räusperte sich. „ Sie wird wieder mal ein Kind kriegen," sagte er verächtlich. Frau Würth sah Christine erschrocken an. Die schaute auf den Boden und nickte nur leicht. Ihr schoss das Blut in den Kopf, es rauschte in den Ohren. Sie griff nach der Stuhllehne, um nicht umzukippen. Die Kinder saßen regungslos. „Ist das wahr, Christine, sie sind in anderen Umständen?" Frau Würth sprang auf. Ihre Christine, das hätte sie ihr nicht zugetraut. Christine strich die Schürze glatt und fuhr mit dem Finger den Spitzenrand entlang. Sie wünschte sich weit weg. „Sie muss gehen. Sofort. So was ist kein Vorbild für unsere Töchter!" Herr

Würths Stimme klang kalt und feindselig. Christine glaubte, ihr Herz müsste stehen bleiben. So viel Heuchelei hätte sie diesem Mann wirklich nicht zugetraut. Er war doch der Schuldige. Und jetzt spielte er den Anständigen. Perfekt spielte er ihn. Geschockt schauten die Kinder ihren Vater an. Sie brauchten einen Moment, um zu begreifen. Ihre Christine würde fortgehen. Margarete fing leise an zu schluchzen. Emilie stand auf und schmiegte sich an Christines Rock. Die beiden Großen schauten mit schamrotem Gesicht in ihren Teller. Sie verstanden, wer schwanger ist, hat mit einem Mann geschlafen. Und ihre Christine hatte das getan? Wer war wohl der Mann? Frau Würth löste die Spannung, indem sie Christine sanft in den Flur führte und die Tür hinter sich schloss. „Christine," sagte sie freundlich, „das muss alles sehr schwer für sie sein. Aber es ist sicher das Beste, wenn sie sich eine andere Stelle suchen. Sie werden mir fehlen." Sie schickte Christine, ihre Sachen zu holen. Währenddessen wollte sie das Zeugnis schreiben, das Gesindebuch ausfüllen und den letzten Lohn ausrechnen. Dann ging sie ins Esszimmer zurück. Sie musste ihren Mädchen helfen, die jetzt alle vier dasaßen und heulten.

Christine bewegte sich wie im Traum. Ein Alptraum. Sie hoffte, irgendwann aufzuwachen und alles wäre nicht wahr. Sie öffnete die Küchentür. „Gefeuert. Er hat mich rausgeworfen." Flüsterte sie und ließ sich langsam auf die Bank sinken. Erna setzte sich neben sie und legte den Arm um ihre Schultern. „So ein Mistkerl. Er war es doch, oder?" Christine schaute erstaunt auf. Sie hatte Erna kein Wort davon gesagt. Niemandem hatte sie davon erzählen wollen. Man hätte ihr doch nicht geglaubt. Aber Erna hatte wohl eins und eins zusammengezählt und die Situation erfasst. „Ja, schon damals bei Christile," sagte Christine leise. „Er ist fein raus und du kannst zusehen, wie du damit fertig wirst." Erna war empört. Aber nach einer Weile meinte sie: „Du darfst dich nicht unterkriegen lassen, Christine. Sei stark. Du schaffst das." „…und mach das Beste draus," setzte Christine hinzu. „So sagt mein Vater auch immer." Sie schwiegen. Christine schluckte. „Dann geh ich mal. Vielen Dank, Erna. Bei dir in der Küche war der schönste Platz in diesem Haus." Sie umarmten sich lange. Jetzt hatte auch Erna Tränen in den Augen.

Der Abschied von Margarete und Emilie tat Christine in der Seele weh. Sie liebte die beiden, als seien es ihre eigenen Kinder. Emilie hatte ihr eine Karte geschrieben: „Ich fergese dich ni!" stand da in krakeliger Erstklässler-Schrift. Rechts unten war die Tinte verwischt, als sei ein Träne darauf gefallen. Margarete steckte ihr zum Abschied eine kleine Dose zu. Der Deckel schimmerte perlmuttfarbig. Darin fand Christine einige dieser hübschen Fleißbildchen, die ihr immer so gefallen hatten. Im Gegensatz zu den Kleinen spürte Christine bei

Martha und Frieda so etwas wie Verachtung. Plötzlich war sie nicht mehr ihre liebe Christine, sondern ein Dienstmädchen, das sich mit einem Mann eingelassen hatte. Es gab ihr einen Stich ins Herz. Die beiden taten ihr Unrecht. Aber wie sollten die Mädchen auch wissen, dass ihr eigener Vater der Mann war? Auch Frau Würth ahnte davon nichts. Sie schüttelte Christine herzlich die Hand und lächelte, reichte ihr das Gesindebuch und einen Umschlag mit dem letzten Geld. „Ihr Zeugnis ist hervorragend. Ich hatte nie so ein gutes Dienstmädchen. Schade, dass sie gehen müssen."

Für Maria hatte Christine noch schnell einen Brief geschrieben. Sie würden am Sonntag nicht zusammen zum Tanz gehen, weil sie jetzt wieder in Ursental wohnte, zuhause bei ihren Eltern. Emilie versprach, den Brief später in den goldenen Pflug zu tragen. Dann nahm sie ihre schwarze Ledertasche, winkte noch einmal und verließ das Haus. Sieben Jahre hatte sie hier gelebt. Das war nun vorbei.

Kapitel 7

Christine saß auf der harten Bank im Hausflur der Volksschule. Heute sollte sie Christile hier anmelden. Nach Ostern kam sie in die Schule. War das Mädchen schon sieben! Christile saß schüchtern neben der Mama und hielt ihre Hand fest. Das dunkle Schulhaus flößte ihr Respekt ein. Auf Christines Schoss saß ihr ordentlich gekämmter Junge. Er war im Juni 1894 geboren und nun schon ein Jahr alt. Christine strich ihrem Johannes versonnen über die dunklen, dichten Haare. Wie die Zeit verging. Sie wohnte nun schon fast zwei Jahre wieder zu Hause. Ihre Mutter hatte sie mit Vorwürfen empfangen, als sie bei Würths entlassen wurde. Noch ein Kind und kein Vater. Diese Schande. Und jetzt sollte sie noch zwei Leute mehr durchfüttern. Aber wo hätte Christine hin sollen mit zwei Kindern?

Sie schaute sich um. Hier war sie selbst zur Schule gegangen. Der Geruch von altem Holz und Bohnerwachs war ihr so vertraut. Auch die ausgetretenen Steinfließen im Flur, auf denen es sich so herrlich schliddern ließ und das hölzerne Treppengeländer, das zum Herunterrutschen verlockte, obwohl es doch streng verboten war. Sie erinnerte sich an helle, fröhliche Tage mit Friederike, an einen langen Schulweg, auf dem sie viel zusammen erlebt hatten. Und nun ging ihre eigene

Tochter hier zur Schule. „Fräulein Frick, kommen sie bitte herein." Die Sekretärin, eine ältere Dame, hielt ihr die Tür auf. Dann setzte sie sich wieder hinter den Schreibtisch und deutete auf den Stuhl gegenüber. Es gab einiges auszufüllen und zu unterschreiben, Anweisungen für den ersten Schultag, Informationen über die Lehrer. „Sie sind nicht verheiratet?" fragte die Sekretärin unvermittelt. „Nein." Christine schaute erschrocken auf. Was wollte diese Frau? Wozu diese Frage? Die alte Angst war wieder da: sie hatte zwei ledige Kinder. „Eine Schande. Warum tun sie ihren Kindern das an? Warum heiraten sie nicht?" Christine schluckte und lief rot an. Was sollte sie sagen? Hilflos sah sie zum Fenster hinaus. „Die Kinder haben sehr darunter zu leiden. Gerade in der Schule, das dürfte ihnen klar sein." Christine schloss die Augen. Johannes versteckte sich hinter ihrem Rock und Christile schmiegte sich ängstlich an ihre Seite. So war die Schule also. Dabei hatte sie sich so darauf gefreut. „Wer ist denn der Vater?" bohrte die Sekretärin weiter und blätterte in ihren Unterlagen, als stände es da. Was geht sie das an? dachte Christine. Unverschämt, so direkt zu fragen. Noch dazu vor den Kindern. Sie erwartete wohl keine Antwort, denn sie schob weiter Papiere hin und her, reichte schließlich das oberste Papier zur Unterschrift über den Tisch. Dabei sah sie Christine hochmütig ins Gesicht und murmelte: „Eine Schande." Christine fühlte sich klein und elend.

Eine Schande hat sie gesagt, aber dass ich daran keine Schuld habe, interessierte keinen. Niedergeschlagen stand sie auf, nahm die Kinder an die Hand und ging. Nicht einmal auf Wiedersehen sagte die Sekretärin.

Sie spürte die Blicke der anderen Mütter, die inzwischen auf der Bank warteten. Christile würde es schwer haben in der Schule. Das arme Mädchen. Sie konnte doch nichts dafür. Aber als das Schultor hinter ihnen zufiel, hatte Christile die bedrückende Situation schon vergessen. Sie hatte im Pausenhof eine Schaukel entdeckt, nahm den kleinen Johannes auf den Schoss und schaukelte mit ihm. Christine setzte sich auf die Bank gegenüber in die Sonne und seufzte. Wie die anderen Mütter mich angeschaut haben. Ich kenne sie, die eine war die Rose vom Dorfkrug, die andere die Elsa, die immer zu spät kam. Die haben gut lachen. Sie haben eine gute Partie gemacht, haben Haus und Hof, ein geordnetes Leben. Aber wer will mich? Schon fast dreißig, zwei ledige Kinder, und das in dem Kaff hier, wo jeder über jeden redet. Welcher Mann tut sich das an, so eine zu heiraten? Nein, den Schaller wollte sie nicht. Seine Trinkerei wurde immer schlimmer. Oh nein, da wollte sie lieber allein klar kommen. Aber wie? Ihre Mutter ließ sie oft spüren, dass sie zu Hause nur geduldet war. Nichts konnte sie ihr recht machen. Hier war sie ewig das kleine Mädchen. Naja, wenigstens hatte sie Friederike. Die gab sich wirklich Mühe, ihr zu helfen.

Nur manchmal spürte Christine die liebevolle Verbundenheit zwischen Friederike und Christile, ja eigentlich war Friederike ihre Mutter. Das tat weh. Sie seufzte. Weit, weit weg war der Traum, den sie für ihr Leben gehabt hatte: ein eigenes Zuhause, einen lieben Mann, vielleicht sogar ein eigenes Haus mit Garten. Der Traum, selbst Entscheidungen zu treffen, statt sich von anderen herumschicken zu lassen.

Die Kirchturmuhr riss sie aus ihren Gedanken. „Johannes, Christile, wir müssen nach Hause. Kommt schnell, sonst schimpft die Oma." Sie nahm Johannes auf die Schulter und Christile an die Hand. Johannes brabbelte vor sich hin und spielte in ihren Haaren. Sie liebte den kleinen Kerl sehr. Nur manchmal, wenn sie ihn ansah, gab es ihr einen Stich ins Herz: er sah seinem Vater so unglaublich ähnlich, die dunklen Augen, das dichte dunkelbraune Haar. Aber an Herrn Würth wollte sie nicht erinnert werden.

„Tine, ich habe nachgedacht." Wenn Friederike so anfing, kam meistens einer ihrer verrückten Vorschläge ans Tageslicht. Darin war sie unglaublich erfinderisch. Es war am Sonntag vor Pfingsten. Christine und Friederike saßen auf der Bank vor dem Haus in der Sonne. Christines Lieblingsplatz. Friederike rutschte näher heran. „Hör zu, Tine. Ich kann das nicht länger mit ansehen." Sie sprach leise und nahm Christines Arm. „Du musst hier weg." Erstaunt schüttelte Christine den Kopf. Diese Friederike. Konnte sie Gedanken lesen? „Das ist furchtbar lieb von dir, Schwesterherz. Aber wie soll das gehen? Ich sehe keinen Weg." „Doch, Tine." widersprach Friederike beharrlich. „Du könntest den Sommer über mit den Schnittern gehen." Christine fuhr herum. „Mit den Schnittern. Den ganzen Sommer? Das würde ich schrecklich gerne tun. Aber die Kinder..." „Tine, das schaff ich schon. Du kannst sie hier lassen." „Die Schnitter..." Christine geriet ins Träumen. Wochenlang unterwegs sein, fremde Orte sehen, Leute kennenlernen, auf verschiedenen Feldern arbeiten. „Oh Rike, bis Gengenbach war ich schon, das untere Kinzigtal ist so schön. Es ist viel wärmer als hier. Ja, ich weiß, dass Schnitter und Garbenbinder hart arbeiten müssen, aber ihre Welt scheint mir so viel größer als unsere hier. Das kommt mir fast wie Ferien vor." Sie nahm Friederikes Hand. „Schaffst du das mit zwei Kindern?" „Christile ist alt genug, mir zu helfen. Du weißt doch, wie sie an dem Kleinen hängt." Christine hatte plötzlich einen neuen Gedanken. „Wer weiß, vielleicht finde ich ja sogar einen Mann bei den Schnittern." Friederike grinste. „Ist mir auch schon eingefallen. Wäre doch herrlich. Hier jedenfalls findest du in hundert Jahren keinen." Christine fiel ihrer Schwester um den Hals. „Sobald ich eine Gelegenheit finde, rede ich

mit Vater drüber. Ich bin schon furchtbar aufgeregt."

Der Vater nickte bedächtig. Der Gedanke sei
ihm auch schon gekommen. Hier einen Mann zu
finden, sei ziemlich unmöglich mit ihren dreißig
Jahren. Aber er mache sich Sorgen. Eine Frau allein
unterwegs mit den Schnittern? Wenn Friedrich
Frick nachdachte, knetete er an seiner rechten
Ohrmuschel. Christine grinste. Man konnte förmlich sehen, wie er nachdachte. Er nickte wieder.
Diesmal zustimmend. Er hielt den Plan für gut. Er
würde heute Abend im Dorfkrug mit dem Jäckle-
Bauer reden. Der kannte einen Schnitter. Und
wenn der Jäckle ihn kannte, dann konnte er seine
Tochter beruhigt mitschicken. Nicht jedem Schnit-
ter konnte man trauen.

Das Schwierigste war die Mutter. Dass sie
nicht begeistert sein würde, war klar, aber so einen
Wortschwall hätte Christine nicht erwartet. Mit
diesen Vagabunden wolle sie sich einlassen? Das
seien doch alles nur Diebe und Räuber. Dem fah-
renden Volk könne man nicht trauen. Wenn sie
nur nicht noch ein Kind anschleppte. Christine
blieb fast die Luft weg. Die Mutter verstand sie
überhaupt nicht. Wütend warf sie die Stubentür
zu. Aber sie würde sich nicht aufhalten lassen. Ihr
Entschluss stand fest: diesen Sommer würde sie als
Wanderarbeiterin hinter den Schnittern her Heu
zusammenrechen und Garben binden und den
Bauern im Kinzigtal beim Ernten helfen. Erst im

Herbst würde sie wieder heimkommen. Endlich wieder Geld verdienen, ihr Leben in die Hand nehmen, etwas tun. Christile war für ihre sieben Jahre sehr verständnisvoll. Sie würde Rike helfen, für den kleinen Hans zu sorgen, sagte sie. Sie hätte ja auch noch den Opa und die Oma.

Bahnfahren war für Christine ja nichts Neues. Lebhaft hatte sie die Fahrt mit Würths in Erinnerung. Aber im Gegensatz zu damals schien heute keine Sonne. Draußen wurde es immer trüber und schließlich klatschte der Regen an die Scheiben. Der Wald stand kalt erstarrt und triefte vor Nässe, die Berghänge kaum zu erkennen im Nebel. Jetzt kamen doch ein paar Tränen. Sie packte ihr Butterbrot aus und ihre Gedanken eilten voraus. Was kam auf sie zu? Ein bisschen war ihr bange. Vagabunden, Räuber, Diebe hatte ihre Mutter die Schnitter genannt. Schon verrückt, was sie sich getraute. Christine holte den Brief aus der Tasche, den der Schnitter Ambs ihr geschickt hatte. Zu sechst seien sie dies Jahr. Seine Tochter Luise sei auch dabei. Sie würden sich bestimmt gut verstehen. Christine ließ sich das Brot schmecken. In Hausach musste sie umsteigen. Sie würde das schaffen.

Dann stand sie in Steinach auf dem Bahnsteig. Der Schaffner pfiff, der Zug fuhr davon, die Leute eilten dem Ausgang zu. Christine erfragte am Schalter den Weg nach Welschensteinach. Das sei nicht schwer, vorne rechts, am Brunnen wieder rechts und dann immer die Straße bergauf. Es sei nicht zu verfehlen. Jetzt brauchte sie den Schirm, den ihr Frau Würth geschenkt hatte. Sie zog die Strickjacke enger, raffte den braunen Rock etwas hoch und machte sich gut gelaunt auf den Weg. Der Regen machte ihr nichts aus. Sie ging mit den Schnittern und sie schaffte das ohne Hilfe. Sie fühlte sich stark. Im Ort fragte sie den einzigen Mann, den sie traf nach dem Haus vom Ambs. Der Alte deutete das Tal hoch. Das Mühlsbachtal weiter. Das einzige Haus auf der rechten Seite. Sie solle einen Gruß ausrichten vom Dold und seine Sense sei repariert, er könne sie abholen.

Bald kam das Häuschen in Sicht. Ein typisches Taglöhnerhaus: einstöckig, fast quadratisch, der Giebel mit Holz verkleidet, der untere Stock weiß verputzt. Das Dach stand nicht über und endete direkt über den Fenstern. Christine gefielen die grünen Fensterläden und die vielen Ringelblumen am Haus entlang. Wie kleine Sonnen leuchteten sie trotzig aus dem Regen. Alles ordentlich und sehr gepflegt. Aus dem Schornstein stieg Rauch auf.

„Ja sie sind ja völlig durchnässt! Kommen sie rein. Wir haben den Ofen an. Das ist vielleicht ein Regenwetter." Wärme und Herzlichkeit strömten ihr entgegen. Die Hausfrau, die die Tür geöffnet hatte, nahm Christine den Schirm ab und wies sie an, die Schuhe an den Ofen zu stellen. Christine nestelte den Brief aus der Tasche. Er war natürlich nass. „Ich bin Christine Frick..." „Das dachte ich mir. Ich bin die Amalie Ambs. Wärm dich erst mal. Ich hol den Fritz." Sie verschwand und Christine lehnte sich an die wohlig warmen Kacheln. Hier roch es nach gekochten Kartoffeln und nach Schafwolle, wie zu Hause. Gute Leute, keine Diebe und Räuber. Christine musste grinsen. Ein älterer Mann kam herein, streckte ihr die Hand entgegen und lachte: „ Hallo. Ich bin der Fritz. Wir haben sie schon erwartet. Dass sie aber auch so ein Mistwetter mitbringen!" Er war ein drahtiger, großer Mann, dem die grauen Haare ungekämmt nach allen Seiten abstanden. Das machte ihn irgendwie liebenswert, fand Christine. Sie mochte ihn gleich.

„Haben sie schon was gegessen?" fragte Frau Ambs. Als Christine schüchtern den Kopf schüttelte, ging sie in die Küche, wärmte eine Suppe, stellte Brot und Most dazu und bat Christine an den Tisch. Fritz setzte sich auf die Bank und schenkte sich einen Most ein. „Also ich bin der Fritz, hier wird nicht sie gesagt. Das ist meine Amalie und später kommt noch unsere Luise. Ich darf doch Christine sagen, oder?" Natürlich durfte er. Sie würden einen Sommer lang zusammen arbeiten. Christine wurde warm, innen von der Suppe, außen vom Ofen. Und auch tief innen drin: hier war sie willkommen und ernst genommen. „Die Rechen sind fertig." sagte Fritz zu seiner Frau. „ Fehlt nur noch die Sense." „Ach stimmt," erinnerte sich Christine jetzt. „Vom Dold einen schönen Gruß und die Sense sei fertig. Ich habe ihn auf der Straße getroffen." „Sehr gut. Ich hab schon gedacht, er schafft das nicht bis morgen." „Noch Brot?" Amalie setzte sich zu Christine an den Tisch. „Erzähle uns ein bisschen von dir. Hast du Familie?" Christine errötete. Jetzt musste sie es sagen. Sie liebte ihre Kinder sehr. Aber sie waren unehelich. Eine Schande. Sie schwankte zwischen Scham und Stolz. Dann überwiegte der Stolz. Christile sei schon ein fleißiges Mädchen mit ihren sieben Jahren. Und der kleine Hans sagte schon Mama und Ricke und Oma und Opa. Christine kam ins Erzählen. Von ihrer letzten Stelle bei Würths und dass sie jetzt mit den Kindern bei den Eltern wohne, dass sie es satt habe, den Eltern auf der Tasche zu liegen und dass sie bei den Schnittern Geld verdienen wolle. „Ich merke schon, ich habe da eine tapfere und fleißige Garbensammlerin vor mir. Wir werden gut zusammenarbeiten." Christine spürte, dass sie dazugehörte. Dass sie einen Kopf kleiner war als andere störte hier scheinbar keinen. Sie würde beweisen, dass auch kleine Leute hart arbeiten können.

Luise kam nach Hause, auch tropfnass. „Meinst du wirklich, wir können morgen los, Vater? Das regnet ja Bindfäden!" rief sie vom Flur herein. Sie hängte ihre Jacke an den Ofen, dann sah sie Christine. „Oh, Fräulein Frick, sie sind schon da." Freudestrahlend streckte sie Christine die Hand hin. „Als ihr Brief kam, hab ich mich wahnsinnig gefreut. Wir werden bestimmt gute Freundinnen. Sicher darf ich du sagen, oder? Ich bin die Luise." Das sagte sie alles in einem Atemzug, dass Christine sich fragte, wann sie eigentlich Luft holte. Dann wandte sich Luise an ihre Mutter. „Hast du mir auch noch Suppe, Mutter?" Auch während dem Essen redete sie weiter: „Ich weiß nicht, Vater, wenn es morgen noch regnet, müssen wir einen Tag später gehen." „Schau zum Kopfwald rüber. Da steigt der Nebel schon nach oben. Lange regnet's nicht mehr." , brummte der Vater. „Und wenn es an Siebenschläfer gutes Wetter hat, dann hält es sieben Wochen." „Mein Vater kennt sich aus mit dem Wetter." sagte Luise stolz. „Das stimmt fast immer. Übrigens, die Sense ist fertig. Ich hab sie gleich mitgebracht. Sie steht im Flur. Dann musst du nicht mehr weg bei dem Regen." „Das hast du gut gemacht, danke Luise." Christine mochte Luise gleich. Sie war vielleicht zwanzig, groß und dünn, sie wirkte kräftig wie ihr Vater. Die langen blonden Haare hatte sie zu einem dicken Zopf gebunden. „Ich bin froh, dass du mitkommst zu den Schnittern, Christine. Weißt du, in der Gruppe sind noch zwei Männer und eine alte Frau, die Märthe. Die ist manchmal ein bisschen komisch und redet dummes Zeug." „Luise!" mahnte der Vater. „Ach stimmt doch, vor allem abends vor dem Einschlafen. Da macht sie mir Angst mit ihren Geschichten. Sie weiß von jedem Ort eine Sage. Dann ist mein Kopf voller Trolle und Wassergeister." Sie schüttelte sich und lachte.

Dann wandte sie sich an Christine: „Hast du denn eine warme Wolldecke mit?" Christine sah sie entsetzt an. „Nur meine Strickjacke. Ich wusste nicht..." „Tagsüber wird dir warm bei der Arbeit. Da brauchst du einen Sonnenhut oder ein Kopftuch. Aber die Nächte können sehr kühl werden. Weißt du, wir schlafen meistens auf dem Heuboden." Christine erschrak. Darüber hatte sie nicht nachgedacht. Luise stand auf. „Ich hab eine Wolldecke übrig. Komm doch gleich mit in meine Kammer." Aus der Truhe in der Ecke holte sie eine bunte Wolldecke. „Die schenk ich dir. Dann denkst du immer an mich." „Oh!", staunte Christine, „ist die hübsch." „Die Wolle hab ich selbst gesponnen und verweben lassen." „Aber woher hast du so bunte Wolle? Es gibt doch wohl keine Schafe mit wachsgelbem und orangenem Fell, soviel ich weiß. Und dieses Hellgrün und das zarte Beige." „Ich färbe Wolle. Mit Kräutern und Rinden. Die Frauen in Steinach sind treue Abnehmer und zahlen gut." Christine bleibt der Mund offen stehen vor Staunen. „Wunderschön!" „Ich habe es von meiner Großmutter gelernt. Sie hat mir ihr Färbebuch vererbt bevor sie starb. Dieses schöne helle Gelb zum Beispiel färbe ich mit Zwiebelschalen, das Hellgrün mit Adlerfarn im Kupferkessel und dieses Orange aus Erlenrinde. Das dunkle Braun macht man mit Walnussschalen. Ich bin immer unterwegs zum Sammeln. Man braucht ziemlich viel

Material. Aber es macht Spaß." „Das glaub ich." , nickte Christine fasziniert.

Am Abend saßen sie noch lange in der Wohnstube zusammen, auch als Fritz und Amalie schon längst schliefen. Luise beantwortete Christines Fragen. Sie wusste wenig von der Arbeit der Schnitter. Zu Hause gab es keine Erntearbeiter. Da halfen die umliegenden Bauern sich untereinander. „Zuerst arbeiten wir bei der Heuernte bis Hausach hoch. Dann ist unten das Getreide reif. Wir schneiden Weizen und Roggen. Manchmal auch Gerste und Dinkel." Erklärte Luise. „Gibt es viele Gruppen von Schnittern?" wollte Christine wissen. „Da zieht einiges durchs Land. Auch schwarze Schafe, die mit möglichst wenig Arbeit an viel Geld kommen wollen." „Ach, darum glauben die Leute, alle Schnitter sind Diebe und Räuber?" Christine dachte an die Worte ihrer Mutter. „Wir sind halt Fremde, wo wir hinkommen. Die Leute misstrauen allem Fremden." Luise zuckte die Achseln. „Aber wir sind meistens auf den Höfen vom Vorjahr und da kennt man uns schon." „Warst du schon öfters dabei?" „Das ist das fünfte Jahr. Man verdient gut. Das ist der Grund." „Ja, deshalb bin ich auch dabei. Ich hoffe, ich kann davon was zurück legen. Ich will so gerne meinen eigenen Haushalt." Luise schaute sie an. „Du willst heiraten?" Christine lachte. „Mir fehlt dazu nur eine Kleinigkeit: der passende Mann." „Na, dann halte die Augen offen!" grinste Luise. „Die Welt ist voller Männer!" Wie Luise redet, dachte Christine. Ach wenn ich doch einen Mann finden würde. Das kam schneller als erwartet. Aber davon wusste sie an diesem Abend noch nichts.

Kapitel 8

Es war noch fast dunkel, als die drei loszogen. Fritz setzte den zerbeulten schwarzen Hut auf und nahm die Jacke vom Haken und zog sie über das weiße Leinenhemd und die schwarze Weste. Er schnallte den Gürtel mit dem Wetzstein um, nahm die kleine Tasche mit dem Rasierzeug und der frischen Wäsche auf den Rücken. Lange drückte er seine Amalie, sie würden sich wochenlang nicht sehen. Dann schulterte er die Sense und sah sich um. "Wir können los!" Die beiden Frauen warteten schon. Sie waren sehr früh aufgestanden, hatten einander die Haare geflochten und schon viel geredet. Es war, als würden sie sich ewig kennen. Christine packte die bunte Wolldecke liebevoll oben auf ihre schwarze Ledertasche. Kalte Nächte brauchte sie jetzt nicht zu fürchten. Es regnete nicht mehr, Nebel stieg aus den Wiesen und in der Ferne über dem Schwarzwald wurde es langsam hell. Luise und Christine nahmen je einen Holzrechen auf die Schulter und winkten Amalie zu, die noch lange im Türrahmen stand und ihnen nachsah. Unterwegs redeten sie die ganze Zeit, so dass sie den Weg kaum merkten. Die meiste Zeit erzählte Luise. So als hätte sie lange keinen gehabt, der ihr wirklich zuhörte. „Weißt du, warum ich Luise heiße?" Natürlich wusste Christine es nicht. „Meine Mutter ist eine große Verehrerin unserer

Großherzogin Luise. Darum nannte sie mich auch Luise. Sie erzählt oft mit leuchtenden Augen von dem Tag, als ihr die Großherzogin die Hand geschüttelt hat. Damals bei dem Trachtentreffen anlässlich der Silberhochzeit von Luise und Friedrich und der Hochzeit ihrer Tochter Marie Viktoria durfte sie mit den Welschensteinacher Trachtenträgern nach Karlsruhe. Das war 1881. Sie hat sogar das Hochzeitsschäppel tragen dürfen und war so unglaublich stolz." Luise plauderte ununterbrochen. „Großherzogin Luise hat auch den badischen Frauenverein gegründet und das badische Rote Kreuz gefördert..." . Vom Frauenverein hätte sie lieber nichts gesagt. Christine seufzte. „Ist was? Hab ich was Falsches gesagt?" fragte Luise verunsichert. „Nein, nein. Ich musste nur an Loßburg denken. Frau Würth, bei der ich in Stellung war, ist jeden Donnerstag zum Frauenverein gegangen. Dort sagen sie, alle Frauen haben Rechte. Auch Dienstmädchen. Vielleicht hat mich Frau Würth deshalb so gut behandelt."

Sie hatten den Steinacher Marktplatz erreicht. Auf der Kirchentreppe warteten zwei Männer. Die beiden hatten ihre Sensen an einen Steinpfosten gelehnt. Als Fritz auf sie zu ging, erhoben sie sich steif und tippten zum Gruß an den Hut. „Das ist der Faller-Georg und der Benzen-Josef, und wie war dein Name nochmal?" Fritz drehte sich zu Christine. „Christine Frick." , sagte sie schüchtern.

Sie hasste solche peinlichen Minuten. Die beiden Männer trugen wie Fritz Jacke, Hut, helles Hemd und dunkle Weste. Sie waren etwas jünger als Christine. Innerlich musste sie grinsen. Der Josef hatte so riesige Hände, dass ihre darin wie Kinderhände aussahen, als er sie schüttelte. Eine kleine alte Frau kam gelaufen. Das musste Märte sein. Sie begrüßte Fritz und Luise überschwänglich. Fritz stellte Christine vor. Die alte Märthe kicherte. „Noch so eine kleine Frau. Jetzt bin ich wenigstens nicht mehr die Einzige, die beweisen muss, dass kleine Leute auch zupacken können." Sie schüttelte Christine energisch die Hand.

„Wir fangen wieder beim Gießlerhof an, wie letztes Jahr" , teilte Fritz den anderen mit. „Ich hab den Bauern letzten Sonntag im „Ochsen" getroffen, sie warten schon auf uns." „Zum Glück regnet es nicht mehr. Ich hasse Rumhocken" , sagte Georg, als er seinen Wetzstein aufhob. „Das Wetter sieht gut aus, die nächsten Wochen können wir zulangen." Fritz war sich da sicher. Er ging voraus. Sie wanderten die Landstraße Kinzig abwärts . Alles war noch feucht, Nebelschwaden lagen über der Kinzig und nur langsam wurde es heller. Christine fröstelte. Aber bald wurde ihr warm, denn die Männer legten ein strenges Tempo vor. Kurz vor Gengenbach verließen sie das Kinzigtal und wanderten ein Seitental hinauf. Schließlich brannte die Sonne so heiß, dass die Wiesen dampften. Gerade zum Neune-Vesper erreichten sie den

Hof. Die Bäuerin deckte den Tisch. Bei Brot, Speck und Most wurden Neuigkeiten ausgetauscht, gefragt, wie es der Mutter gehe, was die Kinder machen und ob der Großvater wieder gesund sei. Der Bauer kam in die Stube und setzte sich ans Kopfende des Tisches. Er bekam ein Gläschen Wein. Oh, dachte Christine. Das ist ein reicher Bauer. Dem spannt ja die Weste über dem Bauch. Bauern waren damals reiche und geachtete Leute. Aber während die einen großzügig waren und die Schnitter recht bezahlten mit Geld und gutem Essen, geizten die anderen und setzten den Schnittern eine dünne Wassersuppe vor.

Nach dem Vesper zogen sie mit einem Knecht, zwei Mägden und den drei großen Kindern des Bauern den Hang hinauf. Die Männer gingen noch ein gutes Stück das Tal weiter, um eine neue Wiese abzumähen. Die Frauen nahmen Heugabeln und zogen die Schochen auseinander. Die Schochen waren Holzgestelle, auf die die Frauen vor dem Regen das Heu zusammengetragen hatten. Nun wurde es wieder in der Sonne zum Trocknen ausgebreitet. Die Wiese war riesig, jedenfalls kam es Christine so vor. Als die Sonne am höchsten stand, trafen sich alle im Schatten zu einer kurzen Pause. Die kleinen Kinder des Bauern brachten Tonkrüge mit Wasser und ein paar Äpfel. Als alles Heu ausgebreitet war, musste das Erste schon wieder gewendet werden. Das kannte Christine von zu Hause. Die Gabel wurde flach unter das Heu geschoben und dann umgedreht, wieder unterschieben, wieder umdrehen. In langen Reihen immer geradeaus. Der Vorteil bei dieser Arbeit war, dass alle nebeneinander arbeiteten. So konnte man sich sogar unterhalten. Christine arbeitete zwischen Luise und Märte. Gerne beantwortete sie Märtes Fragen nach ihrer Familie und erzählte von ihren Kindern. Richtig Heimweh bekam sie dabei. Natürlich fragte Märte nach ihrem Mann, ach sie sei nicht verheiratet? Wie das denn? Sie nahm kein Blatt vor den Mund, scheute sich nicht, unbequeme Fragen zu stellen. Christine presste die Lippen zusammen. Darüber wollte sie nicht reden. Märte war erst ein bisschen eingeschnappt, aber nicht lange. Dann erzählte sie von sich, dass sie alleine sei, weil ihr Julius nicht aus dem Franzosenkrieg zurückgekommen sei. Ihr einziger Sohn hätte bei Schutterwald eine Mühle gekauft. Aber sie mochte ihre Schwiegertochter nicht und deshalb sei sie selten dort. Enkelkinder gäbe es auch keine. Sie mache sich im Dorf nützlich und lebe vom Flicken und Waschen für andere Leute. „Im Sommer gehe ich immer mit den Schnittern. Das ist meine Sommerfrische, meine Ferien." Sie lachte scheppernd und zeigte ihre krummen, gelben Zähne . „Da sehe ich was von der Welt. Das hält jung." Christine blieb stehen und reckte den Rücken. „Ist dir das nicht zu anstrengend in deinem Alter?" fragte sie Märte. Sie war jung und arbeiten gewöhnt. Aber das hier, so von früh bis spät, das war kräftezehrend. Märte lachte wieder. „Die Knochen krachen am Abend. Und dann schlaf ich wie ein Stein. Geht schon, geht schon. Bin zäh!" Christine zog das Kopftuch aus der Schürzentasche. Die Sonne brannte.

Die Männer kamen mit dem Pferdekarren. Christine schaute erstaunt auf. War es schon so spät? Die Sonne stand tief, das trockene Heu sollte geladen werden. Die Frauen rechten es zu langen Reihen, die Männer schoben das Heu mit der Gabel zu Haufen zusammen, stachen hinein, hoben das riesige Heubündel hoch über den Kopf und trugen es zum Wagen. Oben stand der halbwüchsige Bauernsohn und drückte die Bündel eins neben das andere fest. Das war eine verantwortungsvolle Aufgabe und er schien stolz darauf zu sein. Wenn er seine Sache gut machte, konnte der Wagen hoch beladen werden, ohne dass unterwegs Heu herausfiel. Auf dem Weg zum Heuboden durften alle Kinder oben auf dem Wagen mitfahren. Sie lachten und sangen. Sehnsüchtig schaute Christine hinauf. Jetzt dort liegen im frischen, duftenden Heu, sich schaukeln lassen und in den Himmel schauen!

Nun, vom Heuduft bekam sie noch genug, denn sie schliefen nachts auf der Tenne. Natürlich nicht im frischen Heu. Ihr Lager bestand aus einem Strohbett. Die Bäuerin brachte Leintücher. Christine war es etwas peinlich, zusammen mit den Männern zu schlafen. Aber Luise wusste, wie das lief: die Frauen hielten sich gegenseitig das Laken hoch und hatten so eine Art Umkleidekabine. Luise half Christine rührend, wo sie nur konnte. Ihre Freundlichkeit tat gut. Denn als das Geraschel und Getuschel verstummte und die Männer schon schnarchten, bekam Christine heftiges Heimweh. Was ihre Kinder jetzt wohl machten? Aber weit kam sie nicht mit ihren Gedanken. Erschöpft schlief sie ein.

Drei Tage blieben sie auf dem Gießlerhof. Als der letzte Wagen Heu in der Tenne war, rief die Bäuerin zum gemeinsamen Essen. Sie trug Bratkartoffeln mit Speck auf. Dazu gab es für jeden eine Bratwurst und eine Riesenschüssel zarten Salat aus dem Garten. Christine langte tüchtig zu. Der Tag war lang gewesen. Mit den ersten Sonnenstrahlen hatten sie die Reihen auseinander gezogen und den Tag über auf verschiedenen Wiesen gewendet. Am Nachmittag konnten sie die letzte Fuhre laden und in die Tenne fahren. Nach dem Essen rechnete Fritz mit dem Bauern ab. Das Geld nahm er für alle an sich. Er würde seine Leute später auszahlen. Die Bäuerin steckte jeder Frau noch ein fein umhäkeltes Taschentuch zu, das sie selbst gemacht hatte. Eine kleine Kostbarkeit. Die Männer bekamen zusammen eine Flasche Wein. Dann schulterten sie ihre Rechen und Sensen und wanderten in den Abend hinein.

Ihr nächstes Ziel war der Schmiederhof in Fischerbach. Dort wurden sie schon erwartet. Die

Bäuerin hatte ihnen auf der Tenne ihr Nachlager gerichtet. Solange es hell war, spielten die Männer noch Karten und köpften die Weinflasche. Märte hatte doch tatsächlich ihr Strickzeug mit. Stricken sei ihre Lieblingsbeschäftigung, grinste sie. Zu Hause bliebe ihr zu wenig Zeit dafür. Christine und Luise setzten sich an die Einfahrt der Tenne, beobachteten die Kühe auf der Weide und unterhielten sich. Ein getigertes Kätzchen schnurrte herum und ließ sich auf den Arm nehmen. „Es tut gut, mal ein bisschen auszuruhen," unterbrach Luise die Stille. „Ist wirklich anstrengend." Christine zog die Knie heran und stützte den Kopf darauf. „Aber ich bin froh, hier zu sein, Luise. Ihr seid alle so nett zu mir. Zu Hause verachten mich viele, weißt du wegen den unehelichen Kindern. Ihr nehmt mich so wie ich bin. Das gefällt mir." „Ja, wir sind eine gute Schnittergruppe. Ich mag auch den Georg und den Josef. Besonders den Georg." Luise lächelte. „Stimmt, sind nette Männer." Nickte Christine. „Sind sie eigentlich verheiratet?" „Noch zu haben." „Ich frag ja nur." Sie grinsten sich an. „Ich kenn die beiden schon eine Ewigkeit." Luise fing an, ihre Haarnadeln zu lösen und die Zöpfe aufzuflechten. „Aber stimmt, der Georg, der würde mir schon gefallen. Bis jetzt war er für mich einfach ein Schnitter." Die Sonne war schon halb hinter dem Berg verschwunden. Christine blieb regungslos sitzen und schwieg. Ihr gefiel eher der Josef. Er war ein ruhiger Mann. Immer freundlich und zuvorkommend, aber schweigsam. Sagte er etwas, war es überlegt und traf ins Schwarze. Manchmal brachte er alle zum Lachen mit seinem trockenen Humor. Er war groß und stark und konnte zupacken. Christine mochte es besonders wenn er lachte. Dann blitzten seine tiefliegenden, dunklen Augen gutmütig und lustige Fältchen bildeten sich über der Wange. Ja wirklich, er gefiel ihr. Aber sie wischte den Gedanken gleich zur Seite. Er würde sie nicht nehmen. Sie war zwei Köpfe kleiner als er. Wie sah das aus? Und dann hatte sie zwei uneheliche Kinder. Von welchem Mann konnte man erwarten, dass er das Geschwätz der Leute ertrug und zwei fremde Kinder großzog? Ach, es gab noch mehr, was es völlig unmöglich machte: er war Badener und katholisch, wo sie doch aus Württemberg kam und evangelisch war. Noch dazu war sie fünf Jahre älter als er. Das wurde nichts. Sie seufzte. " Ist was?" Luise stand auf. Christine schüttelte den Kopf und erhob sich steif. In der Tenne war es jetzt fast dunkel. Die Männer und Märte saßen auf ihren Decken, ihre Umrisse waren im Halbdunkel kaum zu erkennen. „Ihr kommt gerade recht, Märte erzählt eine ihrer Geschichten!" rief Georg ihnen entgegen. „Oh nein, immer wenn es schon dunkel ist.", jammerte Luise. „Da wird mir jedes Mal so gruselig!" Die Männer lachten schallend. „Euch kann man ja erzählen was man will, euch graust vor gar nichts." , sagte Luise mit gespieltem Ärger. Sie wickelte sich in die Decke und fröstelte schon, ohne dass Märte einen Satz gesagt hatte. „Es sei eine Geschichte aus der Jägertoni-Mühle im Prinschbachtal," erklärte Josef den beiden Frauen. „Ich kenn die Mühle." , nickte Luise. „Ist nicht weit von uns zu Hause. Der Müller ist ein netter Mann." „Hach," , seufzte Märte," warte nur ab, ob du ihn am Schluss immer noch nett findest." „Nun fang schon an," forderte sie Fritz auf. „Wir wollen heute noch schlafen." Märte kicherte. „Wenn ihr könnt, ihr Lieben, wenn ihr nach der Geschichte noch schlafen könnt. Also der Jakob hat sie mir erzählt. Der Jakob Winterhalder aus Zell, der war Müllerknecht auf der Jägertonis-Mühle. Und der hat das alles leibhaftig erlebt. Oh, oh in der Mühle hat es gespukt. Das hat der Jakob nicht ausgehalten. Da ist er davongelaufen." „Bitte, Märte. Manchmal ist es zum Verrückt werden mit dir. Kannst du vielleicht in der Reihenfolge bleiben?" „Da bin ich aber mal gespannt," grinste Josef. „Zufällig weiß ich, dass es in einer Mühle rein gar nichts zum Spuken gibt."

„Hört zu," begann Märte. „ Der Jakob war erst eine Woche beim Jägertonis-Müller. Er war allein in der Mühle. Ihr müsst wissen, er schlief nämlich oben unter dem Dach in der Mühle, der Müller wohnte nebenan. Da wachte der Jakob mitten in der Nacht auf. Jemand schob den Absperrriegel zurück! Rauschend lief das Wasser in den Mühlenkanal und das Mühlrad lief ächzend an. Der Jakob ist erschrocken aufgefahren und halb im

Traum die Treppe hinunter gestolpert. Was war das? In der Mühle flackerte ein Licht, war manchmal taghell, manchmal fast dunkel. Er rieb sich die Augen. Der Transmissionsriemen, der über die Mühlenwelle lief und sonst die Gerstenputze antrieb, war jetzt mit einem Metallkasten verbunden, in dem es leise summte. Das war alles. Ist der Müller verrückt geworden? Was treibt er da mitten in der Nacht? Da entdeckte er etwas, das sich wie eine Schlange über den Boden schlängelte. Nein, nein, bewegt hätte es sich nicht, sagte er später, es sah nur so aus: glatt und lang und dünn. Es lief aus dem Metallkasten zur Tür hinaus und verschwand im Treppenhaus. Jakob schüttelte den Kopf. Brrr. War das gruselig. Irgendwoher kam ein Geräusch. Etwas klapperte gleichmäßig. War jemand in der Mühle? Die Mühlengeister! Bestimmt die Mühlengeister. Dem Jakob lief es kalt den Rücken runter. Kam es aus dem Vorratskeller? Da war doch diese Tür, die immer verschlossen war. Geheimnisvoll. Ob es damit zu tun hatte? Jakob zündete eine Kerze an und wagte sich in den Keller. Ich bewundere seinen Mut. Was meint ihr?" „Keine Ahnung. Vielleicht war gar nichts und er war nur ein furchtbarer Angsthase!" Georg lachte.

„ Die geheimnisvolle Tür stand offen. Darin leuchtete auch ein Licht. Vorsichtig spähte Jakob um die Ecke. Kein Mensch da! Aber was sah er? Da stand ein Webstuhl und der bewegte sich wie von Geisterhand. Ich glaub es nicht, dachte der

100

Jakob. Da webt jemand, den man nicht sehen kann! Ein Mühlengeist! Oh, wenn er mich entdeckt! Das Schiffchen lief hin und her und der Weberbaum hob und senkte sich. Das Leinen wuchs langsam und wickelte sich am Ende auf. Der Weber war unsichtbar! Wirklich! Die Mühlengeister weben Leinen. Die Mühlengeister! Das war zu viel! Der Jakob drehte sich um und wollte wieder die Treppe rauf. Da blieb sein Fuß hängen. So eine Schlange, wie er oben gesehen hatte, wickelte sich um seinen Fuß. Er stürzte. Scheppernd krachte seine Laterne auf den Steinboden und erlosch augenblicklich. Ein Knall, Stille, alles dunkel. Der Webstuhl verstummte, es war unerträglich still. Nur das Klappern seiner Zähne war zu hören. Gleich würde der unsichtbare Weber über ihn herfallen! Da hatte der arme Jakob genug. Ohne sein Bündel vom Dachboden zu holen, floh er in die Dunkelheit und rannte das Tal hinunter ohne anzuhalten. Wer will in so einer Mühle bleiben?"

Die Zuhörer schwiegen. Luise schüttelte sich. „In Mühlen spukt es oft. Ich würde da nachts nicht hingehen." „Also ehrlich," , begann Josef langsam, „ich glaub nicht an Mühlengeister. Wenn ihr mich fragt: der Müller hat einfach Strom gemacht." „Bitte? Was ist denn Strom?" Märte hörte das Wort zum ersten Mal. „In dem Metallkasten war ein Generator, der hat Strom gemacht. Den hat der Müller über diese Schlange, das ist ein Kabel, zum Webstuhl geleitet. Mit dem Strom hat er einen automatischen Webstuhl angetrieben. Siemens baut solche Webstühle. Kein Spuk, sondern moderne Technik." „Woher weißt du das?" fragte Märte misstrauisch. „Zufällig bin ich auch Müllergehilfe. Ich interessiere mich für sowas. Und wenn ich mal eine eigene Mühle hab, will ich auch Strom machen." „Ich glaub dem Jakob." beharrte Märte. Sie war ein bisschen beleidigt, weil Josef sich überhaupt nicht gruselte über ihre Geschichte. Aber ihre Bewunderung für den Burschen wuchs enorm. Woher der Josef das so sicher wusste? „ Es waren doch die Mühlengeister. Das war schon immer so." „Wer hat dann da gewebt?" fragte Luise neugierig. „Der Strom hat gewebt." sagte Josef einfach. „Teufelszeug." Schimpfte Märte und zog energisch ihre Decke hoch. Von neumodischem Kram hielt sie nicht viel. Sie ärgerte sich. Keiner gruselte sich über ihre schöne Geschichte. So drehte sie sich wortlos um und schlief ein.

Kapitel 9

Das Wetter blieb gut. Natürlich blieb das Wetter gut. „Das Wetter am Siebenschläfertag sieben Wochen bleiben mag.", hatte der Fritz gesagt. Und Siebenschläfer war ein heißer Tag gewesen. Fritz wusste alle möglichen Wettersprüche. Aber er sagte selbst: „Kräht der Hahn auf dem Mist, ändert sich das Wetter oder es bleibt wie es ist." Doch oft stimmte seine Vorhersage einfach, weil Fritz das Wetter schon seit Jahren beobachtete.

Nach vier Tagen war auch auf dem Schmiederhof alles Heu eingefahren und sie wanderten weiter talaufwärts. Die Bauern warteten schon auf sie. Fritz kam jedes Jahr mit seinen Leuten. Auf vielen Höfen waren zu wenig Arbeitskräfte für die Heuernte da. Es gab viel Arbeit, die von Hand erledigt wurde. Fritz warf immer wieder mal einen Blick auf die Weizenfelder. Ab dem Kilianstag sollte eigentlich die Weizenernte beginnen, aber dieses Jahr war alles etwas früher reif. Er hoffte, dass sie recht schnell mit dem Heu fertig wurden.

Am letzten Tag auf dem Müllerhof zogen schwarze Wolken auf. Schon morgens hatte Fritz die Stirn gerunzelt, als er sein Brot in die Milchsuppe tunkte. Er trieb zur Eile an. Und tatsächlich als sie am Nachmittag den Ochsenkarren anspannten, um Heu zu laden, wehte ein kalter Wind das Tal herauf und der Himmel zog zu. Hektik kam auf. Es musste reichen. Wenn es jetzt ins Heu regnete, war die ganze Arbeit umsonst. Es musst neu ausgebreitet und wieder getrocknet werden. Und verregnetes Heu fraßen die Kühe nicht gern. Der ganze Hof war auf den Beinen. Es reichte. Grade so. Als die ersten Tropfen fielen, schoben sie den letzten Wagen in die Tenne. Draußen prasselte der Regen. Donner krachte. Der Bauer lachte erleichtert, das war nochmal gut gegangen. In der guten Stube saßen sie bei einem Glas Most und unterhielten sich. „Ja, ja, ein tüchtiges Juligewitter ist gut für Winzer und Schnitter," lachte Fritz. „Aber erst wenn das Heu drin ist," entgegnete Josef trocken.

Am Abend kam wieder die Sonne heraus, als sei nichts gewesen, es wurde sogar ein schöner, ruhiger Sommerabend. Die Schnittergruppe packte ihre paar Habseligkeiten und zog weiter zum Bühlerhof.

„Morgen ist Sonntag," flüsterte Christine am Abend vor dem Einschlafen Luise zu. „Wir müssen gleich nach der Kirche wieder an die Arbeit, wir haben nicht frei." wisperte Luise zurück, um die anderen nicht zu stören. „Aber... ich meine, so schmutzig können wir doch nicht zur Kirche gehen, oder? Mein Kopfhaut juckt schon." Luise setzte sich auf. „Hättest du Lust, morgen früher aufzustehen und baden zu gehen?" „In der Kinzig?" „Nein." Luise schüttelte sich. „Das ist eine Dreckbrühe. Jeder lässt sein Abwasser hinein. Nein, unten am Heldhof weiß ich einen Brandweiher. Wir müssen halt sehr früh los, damit uns keiner sieht." Das taten sie. Märte ging mit ihnen. Sie wollte Wache stehen, damit niemand die Frauen beobachtete. Die Gute. Die beiden schlüpften aus den Kleidern und stiegen splitternackt ins Wasser. Brrr! Das Wasser war kalt, aber herrlich! Sie wuschen die Haare mit einem Stück Seife, rubbelten sich ab, flochten sich gegenseitig die Zöpfe und marschierten frisch und sauber zum Hof zurück. Dabei nahmen sie Märte in die Mitte und hakten sie unter. Wie schön das Leben war! Georg pfiff anerkennend durch die Zähne, als sie ankamen. Christine spürte Josefs Blick und wurde rot.

In der Kirche kam sich Christine fremd vor. Die Messe war lateinisch, sie verstand kein Wort. Natürlich wussten die anderen, wann man was sang, wann man aufstand oder hinkniete. Sie kam sich verloren vor in der großen Kirche, die kleine Lombacher Dorfkirche fehlte ihr. Und dann bekam sie auch noch einen schrecklichen Hustenanfall, weil sie den Weihrauch nicht gewohnt war. Luise nahm ihre Hand und lächelte ihr aufmunternd zu. Sie war einfach eine liebe Freundin!

Sie hatten noch zwei Tage zu tun, dann waren sie mit dem Heu fertig. Am Kilianstag wollten sie in Hofweier zur Weizenernte sein. So fuhren sie am Dienstag mit der Eisenbahn talabwärts um Zeit zu sparen. Die paar Stationen kosteten nicht die

Welt. Der Müllerbauer wartete ungeduldig. Das schöne Wetter so verstreichen zu lassen, schimpfte er. Aber Fritz sagte ruhig: „Kilian war abgemacht. Und jetzt sind wir da."

Die Schnitter gingen sofort an die Arbeit. Christine schmerzte schon nach kurzer Zeit der Rücken. Die Heuernte war anstrengend gewesen, aber daran hatte sie sich schnell gewöhnt. Die Weizenernte war viel beschwerlicher, weil man sich so viel bücken musste. Wieder arbeiteten die Schnitter in langen Reihen nebeneinander. Sie mähten das Getreide, hinter ihnen rechten die Frauen die Halme zu langen Reihen. Sie wurde getrocknet, aufgesammelt und zu Garben gebunden. Dabei musste man behutsam vorgehen, damit die Körner nicht ausfielen und verloren gingen. Diese Arbeit musste Christine erst lernen, denn zu Hause wurde das Mehl gekauft, schließlich hatten sie die Mühle direkt vor der Haustür. Nur Futtergetreide wurde angebaut.

Zusammen mit den beiden Mägden und den größeren Kindern des Bauern standen sie den ganzen Tag in der Hitze. Das Feld war so riesig! Wie sollten sie das alles schaffen? Aber am Nachmittag war alles gemäht und lag in Reihen da. Endlich! Christine streckte den Rücken. Zu ihrem Schrecken sah sie, dass die anderen die Dorfstraße überquerten. Dort gab es noch ein Feld! Hier waren die Halme schon getrocknet und mussten zu Garben gebunden werden. Und dann, als sie dachte, jetzt ginge es gar nicht mehr, mussten sie noch die herumliegenden Halme aufsammeln. Weizen war kostbar. Die Frauen banden ihre Schürzenzipfel hinter dem Rücken zusammen. In den so entstandenen Beutel sammelten sie die einzelnen Weizenhalme. Wieder bücken! Christine sehnte sich nach ihrem Strohlager.

Sie richtete sich auf und gönnte sich eine kleine Pause. Ihr Blick wanderte über das Feld. Die Männer trugen die Garben zu einer Stelle zusammen. Sie schüttelte den Kopf. Dieser Josef! Er nahm vier Garben auf einmal. Musste der stark sein. Sie beobachtete seine kräftigen Bewegungen, die Leichtigkeit, mit der er arbeitete. Er gefiel ihr. Schlagartig wurde ihr klar: genau so hatte sie sich immer ihren Mann vorgestellt. „Sie errötete sanft. Er nahm sie in die Arme und küsste sie zärtlich." Warum fielen ihr gerade jetzt Marias Liebesromane ein? Sie wagte nicht zu hoffen. Oh nein, wies sie sich selbst zurecht und bückte sich wieder. Vergiss es. Es geht nicht. Der Verstand spricht dagegen und man soll ja vernünftig sein.

Ihr fiel auf, dass er in letzter Zeit öfters mit ihr sprach, Späße machte. Wieder schimpfte sie sich eine dumme Kuh und sie solle endlich aufhören, darüber nachzudenken.

Am Nachmittag des folgenden Tages fuhren sie den letzten Wagen in die Tenne. Bis in den Abend hinein hörte man das klapp-klapp-klapp der Dreschflegel, die Körner wurden aus den Ähren gedroschen. Die Frauen sammelten das Stroh auf. In der Strohschneide wurde es klein geschnitten, damit es als Einstreu und Futter verwendet werden konnte. Es wimmelte von Leuten auf der Tenne und ums Haus.

Fünf Uhr. Die Bäuerin rief zum „Vesper". Der Bauer, seine Familie und ein paar Nachbarn, die zum Helfen gekommen waren, aßen in der Stube, während Knechte, Mägde, Schnitter und Garbenbinderinnen am Küchentisch saßen. Die Bäuerin und ihre beiden großen Töchter hatten alle Hände voll zu tun. Es ging lustig zu in der Küche. Speck und Schwarzwurst und frisches Brot gab es nicht alle Tage. Fritz war bester Laune und gab alle möglichen Sprüche von sich. Christine nahm einen Schluck Most und lehnte sich zurück. Ah, ausruhen, einfach nur dasitzen und den andren zuhören. Wie gerne sie hier war. Georg hatte wohl schon ein bisschen viel Most getrunken. Er redete wie ein Wasserfall, gluckste und lachte und machte Luise Komplimente. Christine beobachtete amüsiert, wie Luise verlegen mit dem Taschentuch spielte. Die beiden gäben kein schlechtes Paar ab, wirklich. Der Bauer schaute vorbei. „Wer arbeitet soll auch essen, lasst es euch schmecken!" Er hatte gut lachen. Seine Ernte war unter Dach und Fach. Ein Glück, denn das Wetter für die nächsten Tage sah nicht mehr so gut aus.

Aus diesem Grund hatte der Dold-Bauer in Diersburg schon angefangen zu mähen, als die Schnitter ankamen. Es musste schnell gehen, die sonnigen Tage waren gezählt. Die Nachbarn packten mit an. Der Dold hatte kleinere Felder und manche unpraktisch an der Schräge, zum Teil richtig steil. Der Fritz wusste, dass man besonders beim Laden vorsichtig sein musste. Es wäre nicht das erste Mal, dass ein Wagen am Berg umkippte. Sie arbeiteten zwei Tage pausenlos und schafften es, alles Getreide zu schneiden und zu binden. Es war schön trocken. Am dritten Nachmittag standen dicke Quellwolken über den Vogesen. Immer wieder sah Fritz besorgt hinüber. Kurz vor fünf verschwand die Sonne und ein böiger Wind riss Spreu und Halme in die Höhe. Donnergrollen in der Ferne. Das Vesper fiel aus. Alle arbeiteten hektisch, trugen Garben zum Wagen, das Getreide stapelte sich höher und höher. „Das muss alles noch drauf," rief Fritz gegen den Wind. „Nochmal fahren können wir nicht. Unmöglich. Es regnet uns ab." Das Gewitter kam näher, die Luft wurde unerträglich schwül. In den Gesichtern klebte Schweiß und Getreidestaub. Josef warf die letzten Garben auf den Wagen. Fritz und der Bauer gingen unterhalb und drückten die Ladung mit der Gabel nach oben. Der Wagen schwankte, als die Ochsen anzogen.

Christine sammelte gerade am Ende des langen Feldes Halme auf, als die ersten Tropfen fielen. Ein heftiger Donnerschlag! Weit war das Gewitter nicht mehr entfernt. Der Rest bleibt liegen, dachte sie und rannte los. Da geschah es. Sie hatte das Loch übersehen, knickte ein und stürzte. Ein scharfer Schmerz im linken Knöchel trieb ihr die Tränen in die Augen. Da saß sie allein auf dem weiten Feld, es fing heftig an zu regnen und die anderen mühten sich mit dem Wagen. Fritz sah sie stürzen. Aber er konnte jetzt den Wagen nicht loslassen. „Josef," rief er über die Schulter, „schau mal bitte nach Christine. Da muss was passiert sein." Mit großen Schritten kam Josef übers Feld und half ihr auf. Nein, sie konnte nicht gehen. Kurzerhand hob er sie hoch und trug sie den ganzen Weg zum Haus. Jetzt klatschte der Regen. Christine schoss das Blut in den Kopf. Ein Mann trug sie. Das schickte sich nicht. Aber es machte ihr gar nichts aus, im Gegenteil, am liebsten hätte sie den Kopf an seine Schultern gelehnt, wenn sie sich nur getraut hätte. Er roch streng. Kein Wunder, er hatte den ganzen Tag geschwitzt und seit Tagen nicht gebadet. Aber das störte sie nicht, nein, eigentlich mochte sie es irgendwie. Zum Glück waren die anderen alle sehr beschäftigt und sahen sie nicht so. Zu dem schmerzenden Bein kam ein schreckliches Durcheinander in ihren Gefühlen. Trotz des Regens glühte ihr Gesicht. Fritz wartete am Tor. Zwischen den beiden humpelte sie ins Haus. Auf der Bank in der Küche zog sie Schuhe und Strümpfe aus und kühlte den Fuß in einem Wassereimer.

Luise legte ihr liebevoll die Wolldecke um die Schultern. „Du zitterst ja, Christine!" rief sie besorgt. Fritz kratzte sich nachdenklich am Kopf. „Hoffentlich ist nichts gebrochen." Er überlegte. „So kannst du auf keinen Fall mehr weiterarbeiten." „Ach, und dann dieses Mistwetter," schimpfte Georg. „Alles, was noch nicht gemäht war, liegt jetzt flachgedrückt am Boden. Es braucht Tage, bis das abgetrocknet ist." „Ich fürchte, das regnet sich ein." brummte Fritz. Alle schwiegen. Gleichmäßig gluckerte der Regen in der Dachrinne, in der Ferne grollte der Donner noch immer. Christine zog den Fuß aus dem kalten Wasser und trocknete ihn ab. Schön dick. So ein Pech! Sie seufzte. „Ich rede mit dem Dold." beschloss Fritz. „Wir machen ein paar Tage Pause. Vielleicht trocknet es bis zum Wochenende ab. Dann kann Christine solange ihr Bein hochlegen."

Kapitel 10

Der Doldenbauer war einverstanden. Das Wetter konnte schließlich keiner ändern. Also packten sie ihre Sachen. Die Bäuerin hatte Christines Fuß mit Schnaps eingerieben und ordentlich verbunden. So konnte sie zwischen Fritz und Luise humpeln. „Am besten, ihr kommt alle mit zu uns, oder?" fragte Fritz in die Runde. „Für die paar Tage lohnt es sich nicht, nach Hause zu fahren." Märte war sofort dabei. Sie liebte Amalies Kuchen. Vielleicht gab es ja die ersten Äpfel und Apfelkuchen mochte sie besonders. Josef schaute nachdenklich. „Wie willst du es machen, Josef? Du könntest auch zu deiner Mutter gehen, Ohlsbach ist ja nicht weit." Josef blieb stehen und kratzte sich verlegen am Kopf. „Fritz...Ich... Könnte ich vielleicht Christine mitnehmen? Ich würde sie gern meiner Mutter vorstellen." Fritz stemmte die Hand in die Seite und schüttelte den Kopf. „Warum fragst du sie nicht selbst? Sie ist eine erwachsene Frau. Was hab ich damit zu tun?" Josef wurde verlegen. „Ich dachte, es gehört sich nicht. Ich dachte, wo ... weil ich ihren Vater nicht fragen kann. Also..., ich dachte, dann wärst du dafür verantwortlich. Kann ich sie mitnehmen?" Fritz verstand. „Was sagst du dazu, Christine?" Natürlich war ihr klar, was das bedeutete. Er dachte darüber nach, ob sie seine Frau werden könnte. Warum hatte er ihr nichts gesagt? Sie nickte schüchtern. Wie vor den Kopf gestoßen. Damit hatte sie wirklich nicht gerechnet. „Nun, vielleicht müsste ich anstandshalber Luise mitschicken," ,überlegte Fritz halblaut. Luise war einverstanden. Warum nicht? Wenn Josefs Mutter so viele Schlafplätze hat. Ach, sie konnte auch auf dem Dachboden schlafen. „Dann könnt ihr mich auch noch mitnehmen," meldete sich Georg. Dabei wurde er rot bis hinter die Ohren und schaute Luise verlegen an. Fritz zog erstaunt die Augenbrauen hoch. Was hatte das zu bedeuten? Aber dann nickte er. So kam es, dass die vier jungen Leute nach Ohlsbach wanderten, während Fritz und Märte nach Steinach gingen. Sie verabredeten, sich am Sonntagabend wieder beim Dold zu treffen.

Christine ging wie im Traum. Zum einen tat der Fuß bei jedem Schritt sehr weh. Zum anderen wirbelten ihre Gedanken durcheinander. Das war fast so was wie ein Heiratsantrag. Josef. Dass er sie wollte, das hätte sie nie zu hoffen gewagt. Was seine Mutter dazu sagen würde? Hoffentlich war es ihr recht, dass sie alle mitkamen. Wie seine Mutter wohl war? Ob sie Christine mochte? Ein bisschen bange war ihr schon. Es kam alles so plötzlich, dass ihr schwindelig wurde.

Josefs Mutter hieß Helene Benz. Sie war eine arme Frau. Zusammen mit ihrer jüngsten Tochter Karoline wohnte sie zur Miete über der Schmiede mitten in Ohlsbach. Wie sie sich freute, ihren Sohn ein paar Tage daheim zu haben. Josef stellte die Freunde vor. Ob es recht wäre, wenn sie hier übernachteten? Sie könnten gut auf dem Dachboden schlafen, das seien sie gewohnt. Natürlich durften sie, gar keine Frage. Rasch setzte Helene eine Suppe auf den Herd und schickte Karoline zum Bäcker nach Brot. Als die hörte, dass Christine einen verletzten Fuß hatte, bestand sie darauf, in sich anzusehen. Sie schien etwas davon zu verstehen. Nein, gebrochen war nichts. Aber das würde einige Zeit dauern, bis sie wieder richtig auftreten konnte. Sie machte einen Wickel aus Arnikatinktur und legte das Bein hoch auf einen Stuhl. Das tat gut. Jetzt war Christine froh, dass Georg und Luise mitgekommen waren. So gab es keine Fragen.

Sie lachten und erzählten. Beim Essen merkte Christine, dass Josef sie ansah. Sie wurde rot und schaute in ihren Teller. Mochte er sie wirklich? Sie war unsicher. Warum hatte er nicht mit ihr geredet? Sie musste unbedingt mit ihm allein sprechen. Christine mochte Helene gleich. Sie hatte so eine heitere Art, obwohl ihr Gesicht von Sorgen und Kummer gezeichnet war. Der Badeofen wurde angeheizt. Bei dem trüben Wetter wurde es früh dunkel und recht müde waren sie auch. So gingen alle bald schlafen. Da lag Christine nun auf dem Rücken und starrte in die Dunkelheit. Sie konnte nicht einschlafen. Wie sie den Fuß auch drehte, er tat weh.

Und sie hoffte so, dass Josef es ernst meinte. Josef. Ihr Herz klopfte zum Zerspringen. Dort drüben lag er in der Dunkelheit und schlief. Oder war er wach? Aber sie konnte doch unmöglich zu ihm hinübergehen. Sowas tat eine Frau nicht. Nun, sie würde warten, vielleicht gab es morgen eine Gelegenheit zum Gespräch. Christine setzte sich auf. Sie konnte nicht schlafen. Luise atmete gleichmäßig und Georg schnarchte wie immer. Was sollte sie nur machen mit diesen Schmerzen?

Da bewegte sich etwas in der Dunkelheit. Josef kam herüber und setzte sich leise neben sie. Sie konnte seine Umrisse deutlich sehen. Ihr Herz klopfte. „Christine, ich wollte mich entschuldigen. Ich hab das ungeschickt angestellt.", begann er leise. „Ich...ich kann so was einfach nicht." „Warum? Was entschuldigen?" „ Ich hätte dich zuerst fragen sollen, ob du es willst. Ich wollte dich nicht überrumpeln." „ Josef?" „Ja?" Wie sollte sie es sagen? „Josef. Ja. Ich will... Ja wirklich. Nichts wollte ich lieber. Ich hatte es nicht zu hoffen gewagt..." Er tastete nach ihrer Hand und so saßen sie lange in der Dunkelheit. „Ich habe noch nie einen Menschen so gern gehabt wie dich." flüsterte Josef. Sie wusste nicht, was sie antworten sollte. So schwieg sie. „Meine Mutter sagt schon lange, ich soll mir eine Frau suchen. Ich bin so schrecklich schüchtern, wenn es um Frauen geht. Aber bei dir war das anders. Ich hab gleich gewusst, du bist etwas Besonderes." „Ich hab gedacht, sowas gibt es nur in Marias Liebesromanen..." Christine hatte ihre Schmerzen vergessen. „Trotzdem Josef, lass es uns gut überlegen. Ich bin fünf Jahre älter als du." „Das macht nichts." „Ich habe zwei uneheliche Kinder." „Ich weiß, du hast oft von ihnen erzählt. Ich will dich trotzdem." „Dir macht es auch nichts aus, dass ich so klein bin?" fragte sie ängstlich. Daran konnte sie ja nun gar nichts ändern. Er legte vorsichtig seinen Arm um ihre Schulter und zog sie an sich. „Auch wenn du klein bist, du kannst fest arbeiten und kräftig zupacken. Ich mag dich so wie du bist." Sie getraute sich, den Kopf an seine Brust zu legen. Es war ja dunkel. Jetzt roch er frisch gewaschen und nach Seife. Ewig hätte sie so sitzen bleiben können. Aber sie beschäftigte noch etwas: „Josef, ich bin evangelisch. Was sagen die Leute, wenn du eine Evangelische heiratest?" Josef schwieg eine Weile, dann seufzte er leise. „Mir selbst macht es nichts aus. Ich versteh sowieso nichts von den Unterschieden. Aber ich fürchte, in Ohlsbach können wir nicht bleiben. Das sind alles Katholiken. Es wäre ein Skandal. Auch wegen deiner Kinder. Hier sind alle so moralisch oder soll ich lieber engstirnig sagen?" Er strich ihr übers Haar. „Wir werden einen Weg finden. Christine,

116

sag, willst du meine Frau werden?" „Ja, Josef. Ja gerne!" „Morgen rede ich mit meiner Mutter. Ihre Meinung ist mir wichtig." Er küsste sie auf die Hand und flüsterte. „Gute Nacht, Christine. Schlaf gut, bis morgen. Und gute Besserung für deinen Fuß." Dann verschwand er in der Dunkelheit.

Da saß sie nun. Vollständig glücklich. Sie fühlte sich wertvoll wie nie zuvor, angenommen, verstanden, geliebt. Die Zukunft war plötzlich hell und schön. Josef würde sie heiraten. Mit einem Lächeln schlief sie ein.

Die Mutter staunte nicht schlecht, als Josef und Christine Hand in Hand in die Stube kamen und Josef seine Braut vorstellte. Sie war sofort einverstanden, lachte und freute sich sehr. Endlich musste sich keine Sorgen mehr um Josefs Zukunft machen. Beim Frühstück erfuhren auch Georg und Luise davon. Luise zwinkerte Christine zu. War mit ihr und Georg auch etwas im Gange?

Am Sonntag trafen sie sich wieder zur Arbeit. Christine hatte Mühe mit ihrem Fuß, der immer noch dick war. Aber sie arbeiteten jetzt nebeneinander, wenn es ging, Christine und Josef, sie schwatzten und lachten und lernten sich besser kennen. Die Geschichte seiner Familie war tragisch. Als Josef klein war, hatten sie einen kleinen Hof gehabt, hinten im Hinterohlsbach. Josefs Augen leuchteten, als er davon erzählte. Es war so sonnig gewesen dort. Auf den Feldern und im Garten sei alles gewachsen, was sie brauchten. Ein

Paradies. Von dem Unglück, das sich zusammenbraute, hatten die Kinder nichts gemerkt: ein Freund seines Vaters hatte sich irgendwo Geld geliehen, um ein Haus zu bauen. Weil er nichts hatte, brauchte er einen Bürgen, der für das Geld aufkam, falls er es nicht zurückzahlen könnte. Der Freund war ein fleißiger, zuverlässiger Mann, so dass Josefs Vater ohne Zögern unterschrieb. Aber der Mann verunglückte bei der Waldarbeit und plötzlich musste Josefs Vater die riesige Summe aufbringen. Sie mussten den Hof verkaufen und ins Armenhaus ziehen. Dort starb der Vater vor Gram. Die Mutter hatte es schwer, ihre Kinder durchzubringen, sie schaffte es aus dem Armenhaus heraus. Nun wohnte nur noch Karoline bei der Mutter. „Und du?" fragte Christine. „Wo warst du die letzte Zeit?" „Ich wollte so gerne Müller werden, eine eigene Mühle haben. Das war schon immer mein Traum." „Dann hast du also eine Müllerlehre gemacht?" „Nein, hab ich nicht. Für das Lehrgeld reichte es nicht.", sagte Josef traurig. „Mein ältester Bruder hat Schuster gelernt. Für die anderen drei Jungs konnte die Mutter unmöglich auch noch Geld aufbringen. Wir mussten ja auch noch was zum Essen haben. Und wir hatten einen guten Hunger!" Er grinste breit. „Ich hab dann wenigstens als Müllergehilfe gearbeitet." Sie waren am Ende des Feldes angekommen. Josef nahm einen Schluck aus dem Krug, der dort unter dem Baum im Schatten stand. „Auch Durst?" Er schenkte ihr ein. „Weißt du, Christine. Ich liebe diesen Geruch von frisch gemahlenem Mehl und Spreu und dem Holz der Mühle, das gleichmäßige Knirschen der Räder, die Technik von allem, was das Wasserrad noch bewegt. Selbst das Schleppen der schweren Säcke macht mir Spaß." „Du bist stark, Josef. Ich bewundere dich sehr." Christine lächelte ihn an. „Aber warum bist du jetzt hier?" wollte sie wissen, als sie die Heugabel wieder in die Hand nahmen. „Warum bist du nicht in der Mühle, sondern bei den Schnittern?" „Ach," brummte Josef und sah verlegen zur Seite. „Ich musste da gehen. Der Müller hatte immer schlechte Laune. Ich habe es einfach nicht mehr ausgehalten und bin gegangen. Ich will keinen brummigen Müller vor der Nase haben, der einem den Tag verdirbt, ehe er anfängt. Im Herbst suche ich mir eine neue Mühle." Sie arbeiteten eine Weile schweigend. Dann sagte Josef plötzlich energisch und mit Nachdruck: „Meine Kinder sollen es einmal besser haben. Sie sollen ein anständiges Handwerk lernen. So ein Gehilfe, das ist doch nichts." „Du meinst wohl unsere Kinder, oder?"lachte Christine. „Ich bin genau derselben Meinung wie du: unsere Kinder sollen einen ordentlichen Beruf lernen können." „Dann fang mal an zu sparen," grinste Josef fröhlich. „Hab ich schon," sagte Christine ernst. Dann lachten sie beide. Sie würden das schaffen.

Kapitel 11

Wie das Wetter zu Kassian, hält es noch viele Tage an." hatte der Fritz gesagt. Und tatsächlich: Mitte August wurde es noch einmal heiß. Oft zwang sie abends ein Gewitter zur Eile, aber am nächsten Morgen strahlte wieder die Sonne. Als der Weizen geerntet war, gab es noch einige Roggenfelder zum Abernten. Je weiter sie das Kinzigtal hinauf kamen, umso kleiner wurden die Felder. Immer öfter mussten sie am Hang arbeiten. An Bartolomäus kamen sie in Hausach an. Und schließlich Ende September sagte Fritz eines Morgens: „Beim Armbruster ernten wir noch. Nach Erntedank ist für diesen Sommer Schluss." Nach dem Abendessen beim Armbruster saßen die Schnitter noch lange zusammen vor dem Scheunentor in der Abendsonne. Morgen würden sie auseinander gehen. Christine freute sich auf ihre Kinder. Aber sie würde die Schnitter vermissen. Sie hatte sich unter diesen Leuten wohlgefühlt, wie noch nie in ihrem Leben. Es war ausgemacht, dass Fritz und Josef sie früh um acht zum Bahnhof begleiten sollten. Märte würde zu Fuß nach Hause gehen, während die vier anderen den Zug nehmen wollten. Fritz zog den Beutel mit dem Geld heraus und zahlte jedem seinen Lohn aus. Christine staunte. So viel hatte sie bei Würths nicht verdient. „Ihr seid eine gute Schnittergruppe. Aber wie es aussieht, muss ich mir nächstes Jahr neue Schnitter und Garbenbinderinnen suchen." Er lachte breit. „Wenn ich noch kann, bin ich auf jeden Fall wieder dabei." Meldete sich Märte. „Das heißt, wenn du mich willst natürlich." Fritz klopfte ihr auf den Rücken. „Was wäre ich ohne mein wandelndes Geschichtenbuch!"

Christine lag noch lange wach. Morgen musste sie sich von Josef verabschieden. Wie würde es weitergehen mit ihnen beiden? Als die anderen schon schliefen, kam Josef herüber. „Ich muss mit dir reden, Christine." Er kam gleich zur Sache. „Was denkst du, wann soll die Hochzeit sein?" Christine musste nicht lange überlegen. „Am liebsten noch dieses Jahr. Wenn es irgendwie geht, natürlich." „Wäre mir auch am liebsten. Aber ich muss erst Arbeit haben. Schließlich will ich für meine Familie sorgen." Schweigend starrten sie in die Dunkelheit. Plötzlich griff Christine nach seiner Hand. „Josef. Dass mir das nicht eher eingefallen ist. Im Ursental , direkt gegenüber von uns, gibt es auch eine Mühle. Der Müller ist alt. Vielleicht kann er einen Gehilfen brauchen?" So beschlossen sie, gemeinsam nach Ursental zu fahren, Josef den Eltern vorzustellen und nach Arbeit zu fragen.

Dann war es endlich so weit. Christine und Josef heirateten am 13. Dezember 1896 in der evangelischen Kirche in Lombach. Christine trug ein hochgeschlossenes schwarzes Kleid wie damals alle Bräute. Eigentlich hatte sie gemeint, so ein teures Kleid sei doch nicht nötig. Immerhin wäre sie nicht mehr die Jüngste und hätte außerdem schon zwei Kinder. Sie machte sich Gedanken, was die Leute reden würden, wenn sie sich so herausputzte. Aber Josef lachte darüber, küsste sie auf die Stirn und sagte zärtlich: „Weißt du, das kümmert mich wenig, was die Leute sagen. Du bist meine geliebte Christine. Also musst du auch das Beste haben, was ich mir leisten kann." Und er ging mit ihr nach Loßburg zum Schneider Dieterle und ließ ihr ein schönes Kleid nähen, das sie später auch am Sonntag tragen konnte. Er selbst lieh sich den Anzug von seinem Schwager. Für Christile hatte Friederike ein weißes Kleid genäht und ein Jäckchen gestrickt. Auch Hans wurde fein gemacht. Nach der Kirche ging es zum Festessen nach Hause. Es nieselte und der Wind wehte kühl. Ein tristes Wetter. Aber das kümmerte keinen. Zu Hause wartete ein reichliches Essen. Schließlich gab es etwas zu feiern: Christine hatte endlich einen Mann. Und was für einen!

Josef konnte nach Weihnachten als Müllergehilfe in der Mühle Stein anfangen. Er verdiente nicht viel. Aber sie brauchten auch wenig. Beide wohnten im Dachkämmerchen. Christile und Hans schliefen weiterhin bei Friederike. Hans war begeistert von dem neuen Mann im Haus. Er kletterte so oft es ging auf seinen Schoss und bettelte: „Hoppe Reiter, bitte!" Bis ihnen die Puste ausging, spielten und tobten die beiden und Hans plapperte Josef die Ohren voll. Christile war zuerst sehr zurückhaltend. Sie sah, dass es jetzt einen Menschen gab, den ihre Mutter sehr liebte und war ein bisschen eifersüchtig. Doch mit der Zeit wurde sie warm mit Josef und eines Tages auf dem Weg zur Kirche, schob sie ihre zarte Hand in seine Riesige und lächelte ihn an.

Christine merkte schnell, dass sie auf die Dauer so nicht leben wollte. In der Küche hatte ihre Mutter das Sagen. Und plötzlich war Christine wieder die kleine Tochter, die sich fügen musste. Das passte ihr gar nicht. Sie waren hier geduldet. Mehr nicht.

Schmerzlich bewusst wurde ihr das eines Tages, als Josef sie in den Arm nahm und sagte:„Ich würde so gerne mal wieder Sulz essen. Das hat mir zu Hause immer so gut geschmeckt." „Was ist denn Sulz? Das kenn ich gar nicht." „Na Sulz, ich weiß nicht, wie man hier sagt." „Vielleicht meinst du Kutteln?" überlegte Christine. Ja, er meinte Kutteln, eine gekochte und angebratene Innerei vom Rind. Christine strahlte. Gerne wollte sie ihm kochen, was er gerne aß. Aber sie hatte nicht mit ihrer Mutter gerechnet. Das würde furchtbar stinken beim Kochen und sie könne den Geruch nicht ertragen. Tagelang hinge er im Haus. Nein, sie solle sich nützlich machen und die Kartoffeln schälen und nicht mit so badischem Zeug ankommen. Einmal wollte Christine Schupfnudeln und Sauerkraut kochen, Luise hatte ihr das Rezept gegeben. Aber die Mutter erlaubte es nicht. Da gab Christine auf.

Immer öfter ertappte sie sich beim Träumen. Sie sah sich, wie sie die Treppen vor ihrer eigenen Wohnung fegte, wie sie ein buntes Tischtuch auf ihren Esstisch legte, wie sie ihren Schrank mit frischgewaschener Bettwäsche füllte, in ihren Garten saftige Möhren erntete und wie sie auf einer Bank die müden Beine ausstreckte. Ja, die Bank. Am liebsten eine aus Kirschbaumholz. Sie liebte den rötlichen Farbton dieses Holzes. Christine würde eine gute Hausfrau sein, wenn sie nur irgendwie einen eigenen Haushalt gründen könnte. Aber das Geld reichte hinten und vorne nicht dazu.

Und dann wollte der Winter kein Ende nehmen. Es war Ende März und der Schnee lag immer noch kniehoch. Einmal seufzte Josef leise, als sie abends im Bett lagen und sich unterhielten. „Bei uns zu Hause blüht jetzt alles. Schneeglöckchen, Anemonen, Schlüsselblumen. Da ist der Schnee längst weg." „Ich seh schon, Josef, du willst auch nicht mehr hier bleiben. Nur, wo sollen wir hin?" „Nach Ohlsbach können wir nicht. Genau genommen können wir gar nicht nach Baden. Als Evangelische bist du dort immer eine Außenseiterin." „Wie wäre es mit Alpirsbach?" schlug Christine vor. „Das liegt noch in Württemberg. Aber dort ist es schon einiges wärmer als hier." „Naja, ich müsste dort halt Arbeit finden. Aber so wenig wie hier beim Stein-Müller verdiene ich überall." Und so beschlossen sie, nach Alpirsbach zu ziehen. Christine holte also wieder einmal ihre Keksdose hinter der Wäsche hervor und zählte ihre Goldmark.

In der Familie sprach sie mit keinem darüber. Auch nicht mit Friederike. Aber ihrer Schwester brauchte sie nichts zu erzählen. Die sah jeden Tag, wie Christine unter der Mutter litt. Und natürlich kannte sie Christines Träume, vom eigenen Haushalt, davon, selbst zu gestalten und zu entscheiden. Sie wusste, dass Christine ihren Auszug plante. Aber sie wollte nicht darüber nachdenken. Denn wenn Christine ging, gingen ihre beiden geliebten Kinder und sie würde einsam zurückbleiben. Nein, sie wollte nicht daran denken, es brach ihr fast das Herz. Aber es würde kommen. Sicher.

Zuerst aber kam noch etwas anderes: im Herbst 1897 wurde die kleine Helene geboren. Josef war so stolz! Eine Tochter! Vorsichtig und zärtlich trug er das winzige kleine Etwas in seinen großen Händen. Christines Mutter sah selbst das mit Ärger. Was für ein närrischer Vater! Kindererziehung sei Frauensache, Männer verstünden gar nichts davon. Und er solle sich da raushalten. Josef war sehr geduldig, friedfertig und immer nett zu allen. Aber in diesem Punkt wiedersprach er seiner Schwiegermutter zum ersten Mal. „ Es ist unser Kind, es ist meine Tochter. Da lass ich mir nicht reinreden. Sollte ich mich an so einem Wunder nicht freuen?" Christine lächelte. Sie war so stolz auf Josef. Wie gut, dass er für seine kleine Familie einstand und zu ihr hielt. Sie fühlte sich so herrlich geborgen. Josef war es auch gewesen, der darauf bestanden hatte, dass das Mädchen Helene hieß, nach seiner Mutter, nicht Maria wie Christines Mutter. Kein Wunder, dass Spannung in der Luft lag.

Wieder kam ein harter Winter. In der Dachkammer war es bitter kalt, weil es keine Möglichkeit zum Heizen gab. Christine hatte Angst um die kleine Helene. Tagsüber war das kein Problem. Da schlief sie in der Wiege in der warmen Stube. Aber nachts? Christine packte sie warm ein, zog ihr Mützchen und Handschuhe an und steckte zwei Bettflaschen in ihr Bettchen. Trotzdem war sie unruhig, ob es ihr auch warm genug war. Josef schaute ihre Bemühungen ein paar Tage mit an. Eines Abends holte er die Kleine kurzerhand zu sich ins Bett. „Ich bin die größte Wärmflasche, die sie sich wünschen kann. Hier friert sie nicht." Und so blieb es den Winter über. Christine schwor sich im Stillen, dass dies ihr letzter Winter in diesem Haus sein sollte.

Im Februar merkte sie, dass wieder ein Kind unterwegs war. Da drängte sie Josef, etwas zu unternehmen. Noch ehe der Schnee verschwunden war, nahm Josef einen Tag frei. Weit vor Tagesanbruch ging er los. Für eine Fahrt mit der Eisenbahn wollte er kein Geld ausgeben, so ging er zu Fuß. Die drei Stunden machten ihm nichts aus. Christine wartete ungeduldig. Hoffentlich fand er etwas. Er fand etwas. Strahlend kam er heim. Aber er verriet nichts, bis er mit Christine allein im Dachkämmerchen war. Sie platze fast. „Und?" Er nahm sie liebevoll in die Arme. „Christine, alles wird gut. Stell dir vor, ich kann in der Pfistermühle arbeiten. Der alte Müller ließ mich den Tag über mitarbeiten. Er sagte, er suche schon lange einen Müllergehilfen. Gelobt hat er mich, tüchtig sei ich und stark." „Das weiß ich längst.", lachte sie fröhlich. „Erzähle, wie ist es da?" „In der Pfistermühle wird kein Mehl gemahlen, sondern Schlacke." Er grinste, denn an ihrem Gesicht konnte er sehen, dass sie nicht wusste, was Schlacke ist. „Schlacke ist ein Abfallprodukt aus den Hochöfen in Lothringen und Belgien, wo sie Stahl herstellen. Die Schlacke kommt mit der Bahn, wird in der Mühle zu Thomasmehl vermahlen und muss dann wieder zum Bahnhof zurück." „Was macht man mit dem Thomasmehl?" „Das ist Dünger für die Felder. Bringt gutes Geld. Deshalb verdien ich auch nicht schlecht." Er begann sich fürs Bett fertig zu machen. „Der einzige Nachteil: Das Zeug staubt schrecklich. Du wirst viel schwarze Wäsche haben." „Josef?" Sie schaute ihm in die Augen. „Du grinst so. Ich kenne dich. Hast du noch eine Neuigkeit?" Er zog das Nachthemd über den Kopf und schlüpfte unter die Decke. „Du merkst auch alles, mein Schatz." Stellte er fest. Dann zog er sie zu sich her und sagte leise: „Weißt du was, Christine, ich hab schon eine Wohnung. Bei Heizmann, direkt an der Kinzig. Zum erstem Mai können wir einziehen!" Sie konnte es kaum glauben. „Jetzt bekommt meine liebe Christine ihren eigenen Haushalt! Du kannst schon mal anfangen zu planen und einzukaufen." An Schlaf war nicht zu denken. Sie vergaßen die Zeit. Josef beschrieb die Wohnung, musste immer neue Fragen beantworten. Natürlich sei sie klein und bescheiden, das Haus sei alt. Aber er war sicher, dass Christine es schon einrichten würde, auch wenn sie nicht viel hätten. Sie würden sich wohlfühlen. Von jetzt an war es ihr Leben. Ihres ganz allein!

Kapitel 12

Alpirsbach. Warum so weit weg? Da würden sie doch keinen kennen. Sie könnten doch in Loßburg was suchen. Die Mutter verstand die jungen Leute nicht. Was allein der Umzug für eine Schwierigkeit wäre. Christine lachte. Warum die Mutter sich so aufregte. Sie hätten ja nicht viel und nach Loßburg brächten sie keine zehn Pferde. Der Vater freute sich für seine Tochter. Seine Christine. Jetzt hatte sie etwas zum Planen und Entscheiden. Etwas zum Ausdenken und Gestalten. Das tat sie gerne.

Der große Wecker rappelte. Aufgeregt sprang Christine aus dem Bett. Heute war Umzugstag, der Tag, auf den sie so ungeduldig gewartet hatte. Der Vater spannte das Pferd vor den Heuwagen und alle halfen, ihn voll zu laden. Sie durften die beiden Betten mitnehmen, Hans` Kinderbettchen und ein Schränkchen von der Oma, das noch auf dem Dachboden stand. Auch einen alten Tisch und drei Stühle fanden sie dort. Mehr Möbel hatten sie nicht. Dazu die Federbetten, die schon ziemlich alt waren und einen Koffer voller Kleider. Eine Tasche hütete Christine besonders. Sie packte sie nach unten, damit sie keinesfalls verloren ging: ihre neue Bettwäsche. Erst letzte Woche hatte sie ihre Keksdose geleert und in Freudenstadt eingekauft. Neue, weiße Leinenbettwäsche! In einige Stücke hatte sie ihre Buchstaben gestickt: CB und JB. Das war ihr ganzer Stolz. Auch die gestickte Tischdecke von Friederike war in der Tasche. Sie würde einen Ehrenplatz im neuen Heim bekommen. Auf dem Dachboden hatte sie noch ein paar Vorhänge gefunden, einen Flickenteppich und eine Blumenvase. Sie würde ihr neues Heim gemütlich einrichten. Ja, alle würden sich wohlfühlen, da war sie sicher.

Josef stieg auf den Wagen und griff die Zügel. Er würde den Wagen nach Alpirsbach fahren, während Christine und die Kinder die Eisenbahn nahmen. Hans trug das Holzpferd unter dem Arm, das ihm der Großvater zum Abschied ausgesägt hatte und Christile hatte die Handtasche umgehängt, die ihr Friederike noch genäht hatte. „Damit du mich nicht vergisst,", hatte sie gesagt und gelächelt. Das würde nicht vorkommen, gar nie, beteuerte Christile. Sie drückte Friederike lange. Christine fiel der Abschied leicht. Natürlich. Sie ging ja dem Leben entgegen, das sie sich immer erträumt hatte.

Frau Heizmann erwartete sie an der Haustür. Sie gab Josef den Schlüssel und Christine konnte sehen, wie seine Augen vor Stolz glänzten. Es roch nach Bohnerwachs. Der Holzboden glänzte. Alles war eng und ein bisschen dunkel, aber Christine fand es heimelig. Die Kinder rannten gleich durch die Zimmer, Christine schaute sich um und Josef folgte ihr lächelnd mit Helene auf dem Arm. „Josef, schau nur, was für ein wunderbarer Herd! Der hat sogar ein Schiff, wie es Würths hatten. Nicht mal meine Mutter hat so was Schönes!" Sie lief aufgeregt hier hin und dort hin und freute sich wie ein Kind. „Und sieh nur, Josef, ein Schüttstein! Wir haben sogar Wasser in der Küche. Dann brauch ich es nicht vom Brunnen heraufzutragen!" Aber wohin sollte sie Töpfe und Pfannen tun? Es gab keinen Schrank. „Ich mach dir eine Regal, Christine. Und an die Wand kommen Haken. Wir beide, wir richten das schon ein." Josef strich ihr übers Haar. „Keine Sorge. Jetzt müssen wir aber den Wagen abladen, damit ich ihn heute noch nach Lombach zurückbringen kann."

Christine warf noch einen Blick in die anderen Zimmer. Es gab zwei winzige Kinderzimmer, die beide zum Flur keine Tür hatten. Das eine erreichte man durch die Küche, das andere durchs Wohnzimmer. Es gab darin keine Heizmöglichkeit, aber man konnte im Winter die Türen offenlassen. Das Schlafzimmer lag gegenüber der Treppe und das Wohnzimmer gleich daneben. Das Wohnzimmer war halbhoch mit Holz verkleidet. In diese Verkleidung war eine Bank eingebaut, die unter dem Fenster ums Eck ging. Nur der Tisch fehlte. Christine bemerkte mit großer Freude, dass hier schon Gardinen und Übervorhänge hingen. Schon etwas ausgebleicht, aber brauchbar. Josef trug die Wiege herauf, brachte Bettzeug, Kleider, Stühle,

Bettgestelle und Matratzen. Christine setzte sich erschöpft auf einen Stuhl. Zum Glück war Josef stark. Und der kleine Hans half fleißig mit und lachte stolz.

Gegen später brachte Frau Heizmann eine Erbsensuppe. Frau Benz hätte sicher keine Zeit, etwas zu Kochen, da hätte sie gedacht... Sie hörte nicht auf zu reden. Aber Christine war wirklich froh über die Hilfe. Gegen Abend spannte Josef das Pferd wieder an und brachte den Wagen nach Ursental. Erst spät in der Nacht kam er zurück. Er hatte kein Geld für den Zug ausgeben wollen und war zu Fuß gegangen. Inzwischen richtete Christine die Betten, legte die Kinder schlafen und fiel selbst erschöpft ins Bett.

Die kleine Wohnung war schnell eingerichtet. Sie hatten nicht viel. Gleich am nächsten Morgen musste Josef in der Pfistermühle anfangen. Sein Tag begann morgens um sechs, er kam selten vor sieben nach Hause und arbeitete sechs Tage die Woche. Dabei verdiente er als Müllergehilfe nicht besonders viel. Aber Christine haushaltete sparsam.

Mit dem Pferdefuhrwerk musste Josef um 6.24 Uhr am Bahnhof stehen, wenn der Güterzug kam. Der brachte Schlacke aus Lothringen und Belgien. Zwei Mal die Woche kam eine große Ladung. Meistens waren es um die vierzig Doppelzentnersäcke mit Schlacke, die er vom Güterzug auf die

Pritsche des Karrens laden musste. Damit fuhr er zur Mühle und trug jeden Sack die Treppe hinauf. Dann öffnete er das Wehr, das Wasser schoss in die Rinne, das Mühlrad lief an. Dienstag und Freitag musste der fertige Dünger bis 18 Uhr am Bahnhof sein. Dort stand ein Güterzug auf dem Abstellgleis, den Josef beladen musste und der um 18.10Uhr abfuhr. Der Müller merkte gleich, dass er hier einen sehr guten Müllergehilfen eingestellt hatte. Josef war nicht nur stark, er verstand auch etwas vom Mahlen. Der Dünger war nämlich umso wirkungsvoller, je feiner er gemahlen wurde. Und das beherrschte Josef unglaublich gut. Die Pfistermühle lieferte von da an einen hervorragenden Dünger und der brachte gutes Geld. Der Müller war zufrieden.

Das Mahlen der Schlacke war eine staubige Angelegenheit. Im Lauf des Tages mischte sich der schwarze Staub mit dem Schweiß und klebte am Körper. Jeden Abend schüttete Christine deshalb drei Eimer Wasser, das sie auf dem Herd warmgemacht hatte, in den Zuber, legte Waschlappen, Seife und ein Handtuch bereit, damit Josef sich waschen konnte, wenn er heimkam. Was für eine Brühe übrigblieb, wenn er sauber war!

Eines Morgens brachte der Postbote einen Brief. Das kam selten vor. Der Brief war von Friederike. Der kleine Hans bekam rote Backen: seine Rike hatte geschrieben. Christine setzte sich an den Küchentisch und nahm Hans auf den Schoss. „Meine geliebte Tine und meine lieben Kinder", las sie. „Der Abschied von Euch allen fiel mir sehr schwer. Auch jetzt weine ich ein bisschen. Es ist so leer im Haus. Aber ich gönne Euch das Glück. Josef ist ein guter Mann. Das freut mich für Dich, Tine. Sorgt Euch nicht um mich. Stellt Euch vor, August war vorhin da und hat uns eröffnet, dass er bald heiraten wird. Ich denke, Vater wird ihm den Hof übergeben. Und wenn sie Kinder kriegen, kann ich wieder Kindsmagd sein. Das wäre doch herrlich, oder? Viele tausend Küsse an meine liebe Christile und an mein Hänschen und an die kleine Lene. Ich hab Euch noch einen Segen gemalt, den könnt Ihr in den Hausflur hängen. Herzlichst Eure Rike." Christine faltete das Blatt auseinander, das mit aus dem Umschlag gefallen war. „Vater segne dieses Haus und alle die da gehen ein und aus." Wunderschön geschrieben und verziert. Die liebe Rike. Christine wischte sich eine Träne aus dem Augenwinkel. Gleich heute Abend würde sie sich hinsetzen und antworten und von dem Leben erzählen, das sie jetzt führte. Sie war Hausfrau, wie sie es sich immer erträumt hatte. Sie konnte selbst entscheiden, gestalten und alles machen, wie sie wollte. Aber es war ein hartes Leben, das Geld fehlte hinten und vorne. Dafür gab es umso mehr Arbeit. Für Teekränzchen und Schwätzchen blieb keine Zeit. Außerdem kannte sie hier noch nicht viele Leute, so kam auch selten Besuch. Nun, sie wollte dabei fröhlich bleiben und lächeln, wie ihr Vater immer geraten hatte.

Vom letzten Geld aus der Keksdose kaufte Christine einen Leiterwagen. Er diente nicht nur dazu, Lasten zu transportieren, sondern auch als Kinderwagen. So konnte sie Hans und Helene hineinsetzen und überall hin mitnehmen. Helene klatschte und lachte vergnügt. Das gefiel ihr!

Das Geld, das Josef verdiente, musste gut eingeteilt werden. Aber das konnte Christine. Vom ersten Lohn kaufte sie die fehlenden Töpfe und Tassen und einen Teekessel. Der Speiseplan war nicht gerade üppig. Oft gab es Kartoffeln und Karotten oder Bohnen, weil die wenig kosteten. Auf dem schmalen Streifen Garten zwischen Kinzigweg und Haus säte sie Salat, Karotten und Radieschen. Sie setzte Zwiebeln und Kartoffeln und später Lauch und Wirsing. Für ihre ersehnte Bank war kein Platz, aber sie durften sich nebenan auf Opa Heizmanns Bank setzen. Besonders Hans liebte diesen Platz. Opa Heizmann hatte immer Zeit für den Jungen und sie wurden dicke Freunde.

Der Garten war zu klein für die fünfköpfige Familie. So begann Christine wieder ihre Keksdose zu füllen: Jede Goldmark, die sich entbehren ließ, und das waren nicht viele, wanderte dort hinein. Ihr Ziel war es, einen kleinen Acker zu kaufen. Das war dringend nötig, denn Christine war wieder schwanger. Am 14. September 1898 wurde der kleine Josef geboren. Friederike kam, um den Haushalt zu führen, während Christine im Wochenbett lag. Papa Josef war stolz: sein Stammhalter, Josef Benz. Natürlich war Hans sein großer Junge. Er liebte ihn und die beiden verstanden sich prächtig. Aber Josef, das war jetzt sein Fleisch und Blut. Schon irgendwie anders, auch wenn er das Hans niemals spüren ließ. Friederike zeigte Christile alles über Säuglingspflege. Christile durfte Josef auch wickeln, wenn sie nicht in der Schule war. Sie trug ihn herum, wenn er weinte und brachte ihn der Mutter zum Stillen, wenn er Hunger hatte. Friederike wachte darüber, dass Christine sich schonte, hielt den Haushalt in Ordnung, kochte und putzte und fand nebenbei noch Zeit, mit Hans Mensch-ärgere-dich-nicht zu spielen. „Rike ist ein Engel.", sagte er immer wieder. Aber nach Erntedank fuhr der Engel wieder nach Lombach und Christine musste allein zurechtkommen.

Helene machte ihre ersten tapsigen Schritte, Hans wäre fast in den Kanal gefallen, Christile bekam Windpocken, es schneite, bevor die Kartoffeln aus dem Boden waren. Christine arbeitete hart. Abends wenn Josef nach Hause kam, wurde gemeinsam gegessen. Das war ihm wichtig, wenigstens eine Mahlzeit am Tag. Mittags aß er ein Schmalzbrot, weil er die Mühle nicht abstellen konnte. Nach dem Abendessen blieb ein wenig Zeit für Hoppe-Reiter und Toben. Dann mussten die Kleinen ins Bett. Christine setzte sich dann ans Spinnrad, strickte Mützen, Jäckchen und Socken oder nähte Hosen und Röcke. Auch der Korb mit Flickwäsche wartete. Christine machte die viele Arbeit nichts aus. Sie war oft gut aufgelegt, sang mit den Kindern, erzählte während der Arbeit Geschichten und machte Späße. Christile fand Freundinnen und so dauerte der Schulweg oft länger als nötig. Dabei wartete Christine meistens schon ungeduldig, dass sie endlich heimkam. Christile war ihr eine große Hilfe. Sie musste sich um Josef kümmern und auf Helene aufpassen. Hans saß oft bei Opa Heizmann. Der freute sich über Gesellschaft und Christine wusste ihren Sohn gut aufgehoben. Josef lobte seine Christine. „Meine tüchtige Hausfrau, meine fleißige kleine Christine.", sagte er anerkennend. „Was du dir vornimmst, gelingt. Ich bin so stolz auf dich." Die Leute grüßten sie auf der Straße: „Guten Tag, Frau Benz, wie geht es ihnen?" Man nahm sie ernst, sie war jemand. Das machte sie glücklich.

Kapitel 13

Christile, hier hast du eine Mark. Bring mir bitte nach der Schule drei Pfund feines Mehl und ein Pfund Zucker vom Bäcker." Es war Ende November und Christine wollte endlich mit der Weihnachtsbäckerei anfangen. Christile stand mit der Schultasche im Flur. „Willst du backen, Mutter?" „Morgen ist Andreastag. Da backen wir Hutzelbrot für Weihnachten." Christile sah sie erstaunt an: „Hast du denn Früchte?" Christine lachte breit. „ Auf dem Markt hab ich günstig Birnen erstanden, geschnitten und getrocknet. Und letztens gab es Dörrpflaumen. Getrocknete Apfelschnitze sind auch noch da und Nüsse hat Helene gebracht." Christile jubelte. „Da freu ich mich, Mutter. Kuchen gebacken haben wir lange nicht mehr. Kann ich vielleicht fünf Pfund Mehl mitbringen statt drei, dann gäbe es noch ein paar Weihnachtsbrödle." „Warte, vielleicht hab ich noch vierzig Pfennig." Sie hatte. Glücklich zog Christile los. Sie brachte fünf Pfund Mehl mit und der Nachmittag wurde wunderbar. Die beiden schnitten die Früchte klein, schälten und hackten Nüsse, kneteten und mischten. Die kleine Helene saß im Laufstall und brabbelte vor sich hin. Die anderen bauten einen Turm aus Bauklötzen, die ihnen Josef gesägt hatte. Christine seufzte glücklich. Es duftete so herrlich nach Plätzchen, als Josef nach Hause kam. Am liebsten hätten sich alle über das Gebackene hergemacht. Aber da war Christine eisern: erst an Heilig Abend.

Am Abend, als die Kleinen im Bett waren, schnitt sie mit Christile und Hans noch Krippenfiguren aus Papier aus: Maria und Josef, das Kind, die Hirten und die Könige. Die Kommode im Wohnzimmer wurde zum Weihnachtstisch. Sie zogen Kerzen aus Wachsresten und legten Tannenzweige um die Krippe. So konnte das Fest kommen. Auch wenn sie arm waren, feiern war wichtig im Hause Benz. Christines Vater hatte ein Schaf vorbeigebracht, so war für das Festessen gesorgt. Natürlich erwartete niemand große Geschenke. Es gab Socken, Wäsche, Pullis, alles selbstgemacht und weil man es sowieso brauchte. Aber sie sangen eifrig Weihnachtslieder und lasen die Weihnachtsgeschichte vor. Für ihren Mann hatte Christine aus einem zerrissenen Hemd Taschentücher geschnitten und von Hand gesäumt. Josef überreichte seiner Christine ein in Zeitungspapier eingewickeltes Etwas. Dabei grinste er von einem Ohr zum anderen. „Bin gespannt, was du sagst." Er nahm sie in den Arm. „Oh!" rief sie entzückt, als ein Mixer zum Vorschein kam. So einen, wie bei Würths. Sie hatte ihm oft vorgeschwärmt, wie einfach und schnell man damit den Teig rühren konnte. „Woher hattest du so viel Geld?" „Och, weißt du, der Müller hat ihn mir günstig verkauft. Er braucht ihn nicht mehr, seit seine Frau gestorben ist." Christine führte den erstaunten Kindern vor, wie die beiden Rührer herumwirbelten, wenn man an der Kurbel drehte. Dann stellte sie sich auf Zehenspitzen und gab Josef einen Kuss. Der nächste Tag war ein Sonntag. Am Montag musste Josef wieder in die Mühle, Weihnachtsferien gab es nicht.

Nur im Januar hatte Josef ein paar Tage frei, weil es so bitterkalt war, dass das Wehrtor einfror. Als es wieder wärmer wurde, gab es dann umso mehr Arbeit, weil sich die Schlackesäcke im Bahnhofsschuppen stapelten und aufgearbeitet werden mussten.

Ende des Monats merkte Christine, dass sie wieder schwanger war. Damals gab es noch keine Verhütungsmittel. So kam fast jedes Jahr ein Kind: 1899 kam Otto, 1901 kam Wilhelm und 1902 Karl. Die Kinderschar wuchs so in kurzer Zeit auf sieben Kinder an: zwei Mädchen und fünf Jungs. Christile war inzwischen 13 Jahre alt. Nach Ostern würde sie Konfirmation feiern und gleichzeitig ihre Schulentlassung. Christine beschloss, sie nach der Schule zu Hause zu behalten, damit sie ihr bei der Arbeit helfen konnte. Sie brauchte ihre Hilfe. Dass Mädchen etwas lernten war damals nicht üblich, sowieso bei armen Leuten. Mädchen heiraten ja doch, dachten die Leute. Und von der Mutter konnte sie viel lernen. Vielleicht bekam Christile später in einem Haushalt eine Anstellung als Dienstmädchen. Aber jetzt musste sie ihrer Mutter helfen. Es ging nicht anders.

Zur Konfirmation versuchte Christine wieder einmal aus dem Wenigen das sie hatten, etwas zu machen, das sich wie ein Fest anfühlte. Friederike und die Eltern kamen aus Lombach, auch Helene Benz aus Ohlsbach und Josefs Schwester Karoline waren da. Christile war ein großes und kräftiges Mädchen, so konnte sie ohne Weiteres das schwarze Hochzeitskleid ihrer Mutter tragen. Christine atmete auf: sie mussten kein neues Kleid nähen lassen. Sie selbst trug ihren schwarzen Rock und eine einfache Bluse. Darüber musste sie schweren Herzens ihren schäbigen grauen Mantel ziehen, es war zu kalt nur in der Strickjacke. Da saßen sie nun in der Klosterkirche, die große Schar der Konfirmanden zog ein. Christine ertappte sich dabei, dass sie weniger auf die Predigt achtete. Vielmehr interessierte sie, was die Konfirmanden trugen. Man konnte genau sehen, wer es sich leisten konnte, extra für dieses Fest ein Kleid nähen zu lassen. Die anderen trugen Ausgeliehenes und Abgetragenes. Die Jungs saßen im tadellosen Anzug da. Manchen passte er wie angegossen, manchen waren die Ärmel zu kurz oder sie versanken fast im Kragen.

Christine kannte viele von Christiles Klassenkameraden. Jeder ging jetzt seinen Weg. Der Carl zum Beispiel würde beim Armbruster eine Lehre als Bäcker anfangen, der Friedrich hatte eine Lehrstelle beim Schreiner Schäfer, Auguste würde als Einzige auf die höhere Töchterschule nach Freudenstadt gehen. Christine grübelte vor sich hin und vergaß dabei fast die Liturgie. Zum Glück war ihr erstes Kind ein Mädchen. Für die Lehre eines Sohnes würde das Geld jetzt einfach nicht reichen. Ihr Hans war zwar erst acht, aber so lange hin war das auch nicht mehr. Und dann die anderen Buben alle. Sie sollten alle etwas Ordentliches lernen können. Aber eine Lehre kostete viel Geld. „Wovon sollen wir das bezahlen? Es ist schlicht unmöglich. Man müsste so reich sein wie die Würths in Loßburg."

Christile war an der Reihe, ihren Vers aufzusagen und die Fragen des Pfarrers zu beantworten. Christine reckte den Hals, um besser sehen zu können. Ihre Christile! Sie machte ihre Sache gut. Christines Gedanken gingen zum Mittagessen. Sie hatten alles vorbereitet. Hoffentlich reichte das Essen für alle. Ja, bei Würths war zu solchen Anlässen ordentlich aufgetragen worden. Würth. Schon wieder waren ihre Gedanken dort. „Ja, die können ihren Kindern auch eine Ausbildung bezahlen.", dachte sie wehmütig. „Ach, dabei haben die ja nur Mädchen. Die bräuchten das gar nicht. Die Welt ist doch ungerecht."

Josef hatte wenig Zeit, mit ihr über solche Dinge zu reden. Sein Tag war lang. Wenn er abends aus der Mühle nach Hause kam, gab es hier und dort im Haus etwas zu Reparieren. Jetzt, wo die Tage wieder länger wurden, ging er abends in den „Schlag". Das war ein Stück Wald, das ihnen der Förster zugewiesen hatte. Dort durften sie Restholz aufarbeiten und Zweige auflesen für den Winter. Mit dem Handkarren zog er jeden Abend eine Ladung nach Hause und stapelte sie im Garten auf. Die Abende waren kurz. Oft musste Christine mit anpacken, damit er fertig wurde, ehe es stockdunkel war.

Endlich hatten sie das Geld für den Acker an der Burghalde zusammen. Josef und Christine waren ziemlich stolz, als sie aufs Rathaus gingen, um den Kauf zu besiegeln. Sofort nahmen sie die Arbeit in Angriff. Josef musste umgraben, weil Christine wieder einen dicken Bauch hatte. Aber Steine auslesen, eben ziehen und einsäen machte sie trotz dem dicken Bauch. Endlich hatte sie Platz für richtig viele Kartoffeln und lange Reihen Karotten, für Zwiebeln und rote Beete und Kraut. Jeden Tag setzte sie Otto in den Handkarren und ging mit Helene und Josef die Strecke von fast einem Kilometer den Berg hinauf. Sie hatte Essen und Trinken dabei. Hans kam nach der Schule auch zum Acker. Selbst die Kleinen halfen Unkraut zupfen und hacken, bis es Zeit war, nach Hause zu gehen. Christile hütete unterdessen den kleinen Wilhelm und kümmerte sich um das Baby als es geboren war. Sie kochte Abendessen und wenn Josef nach Hause kam, wurde gemeinsam gegessen.

„Josef", sagte Christine eines Abends im Bett. „Wo soll der kleine Karl schlafen, wenn er nicht mehr in die Wiege passt?" „Hab auch schon drüber nachgedacht.", brummte Josef. Er war müde und wollte eigentlich jetzt nicht darüber reden. Aber Christine hatte Recht, das war ein Problem. Sie hatten vier Betten für die sieben Kinder. Die Kleinen konnten gut zu zweit in einem Bett schlafen. Aber Christile war dafür einfach zu groß. Und für mehr Betten war nirgends Platz. Auch am Tisch wurde es eng. Aber ein größerer passte nicht ins Zimmer. „Die Wohnung ist zu klein. Wir müssen eine Neue suchen." „Meine liebe Christine. Wie sollen wir die bezahlen? Wir kommen gerade mit dieser Miete klar. Mehr ist nicht drin." Sie seufzte tief. Kamen sie denn nie aus dieser Sparerei heraus? „Also gut." Josef wollte endlich schlafen. „Ich hör mich mal um im Städtle. Vielleicht gibt es grad was Günstiges. Und jetzt schlaf gut. Gute Nacht." Er zog sich das Kissen über die Ohren und war augenblicklich eingeschlafen. Christine lag noch lange wach und grübelte. Es musste doch eine Möglichkeit geben, an eine günstige größere

Wohnung zu kommen. Und auch die Ausbildung ihrer Buben beschäftigte sie. Jeden etwas lernen zu lassen, kostete ein Vermögen. Sie hatten keine reichen Verwandten, wo es was zu erben gab. Keinen Wald, den man verkaufen konnte. Vielleicht könnte sie von ihrem Gemüse verkaufen? Während sie darüber nachdachte, schlief sie ein.

Kapitel 14

Der Gedanke kam ihr am 70. Geburtstag ihrer Mutter. Und er ließ sie nicht mehr los. Sehr früh an jenem Februartag machte sich die Familie auf den Weg. Wilhelm, Otto und Josef kamen in den Handkarren. Helene, Hans und Christile schafften den Weg nach Lombach zu Fuß. Josef trug die schwarze Ledertasche. Nach gut drei Stunden Fußmarsch standen sie in Ursental vor der Tür. Christine war nun fünf Jahre verheiratet und seit drei Jahren nicht mehr hier gewesen. Sie erschrak, wie schlecht der Vater zu Fuß war. Sein Rheuma plagte ihn. Christines Mutter nahm jedes ihrer Enkel freudestrahlend in den Arm. „Wie groß ihr geworden seid," rief Friederike aus. „Christlie ist fast so groß wie ich. Sie wächst dir ja über den Kopf, Tine!"

Es gab Kuchen und Milch. Die Stube war voller Leute. Die Kinder sprangen draußen herum, während die Erwachsenen sich unterhielten. Die Luft war schnell verbraucht in dem kleinen Raum. Christine war erschöpft, ein bisschen schläfrig lehnte sie sich an Josefs Schulter. Sie hörte nur mit einem Ohr zu. Doch plötzlich horchte sie auf. Sie hatte den Namen Würth gehört. Das interessierte sie. „…Jetzt ist der Vater von Frau Würth gestorben und die Villa am Berg steht leer. Die muss ein

Vermögen wert sein.", hörte sie gerade noch. Um was ging es? „Und es gibt keine Erben?" „Die Frau vom Kaufmann Würth ist die einzige Tochter. Sie bekommt die Villa." „Als wenn die Würths nicht schon genug Geld hätten! Der Laden geht gut und das Haus, in dem sie wohnen, haben sie auch geerbt." „Und Würths haben nur Töchter? Keinen Sohn? Dann müssen sie nicht mal Geld haben für die Ausbildung ihrer Kinder." „Sie gehen zur Höheren Töchterschule nach Freudenstadt.", wusste eine Nichte. „Die Welt braucht keine studierten Weibsbilder.", schimpfte Onkel Franz und schlug mit der Hand, als wolle er eine Fliege verscheuchen. „Sie haben keinen Erben? Du müsstest das doch wissen, Christine. Hast du nicht dort gearbeitet?" Alle schauten zu ihr. Christine nickte. „Ja, ich war sieben Jahre dort. Sie haben vier Mädchen. Und mehr Geld, als wir alle zusammen." „Ja, ja", seufzte einer in der Ecke. „Geld kommt zu Geld. Die Welt ist nicht gerecht." „Ich gönns ihnen," meinte ein anderer. Geld allein mache nicht glücklich. Dann erzählte er von seiner Schwägerin, die auch viel Geld hätte und doch krank sei. Die sei nicht zu beneiden... Christine versank ins Grübeln. Josef sah sie von der Seite an. Er ahnte, was sie dachte. Sie hätte auch gerne so viel Geld geerbt. Dann könnten sie ein ordentliches Haus bauen und ihre Söhne was lernen lassen. Plötzlich sah er, wie ein Leuchten über ihr Gesicht ging, so als sei ihr ein guter Gedanke gekommen. Er wartete gespannt auf eine Gelegenheit, allein mit ihr zu reden. Es musste eine gute Idee gewesen sein, denn Christine war plötzlich wie verwandelt, gesprächig, gut gelaunt. Was war ihr nur eingefallen?

Der Tag verging mit Erzählen und Berichten, mit Spielen und Lachen. Christines Mutter war glücklich, einmal die ganze Familie zusammen zu haben. Was für nette Enkelkinder sie hatte! Und ihre kleine Christine! Sie war so stark geworden, längst nicht mehr so schüchtern und ängstlich wie früher. Die Mutter beobachtete sie, wie sie sich mit ihrem Schwager unterhielt. Selbstbewusst war sie geworden und sicher. Die Zeit in Alpirsbach war ihr gut bekommen. Oder war es Josef, der ihr guttat und sie stark machte?

Der Mond stand schon am Himmel, als die Familie wieder zu Hause an kam. Endlich waren die Kinder im Bett und Josef und Christine konnten sich ungestört unterhalten. Christine wollte auf keinen Fall, dass Christile und Hans von ihrer Idee erfuhren.

Sie goss zwei Becher mit Wasser voll und setzte sich an den Küchentisch. „Josef, mir ist heute etwas eingefallen…" „Hab ich gesehen, meine Liebe," fiel ihr Josef ins Wort und zog gespannt den Stuhl näher heran. „Du kennst mich gut." Sie beugte sich vor. „Ich weiß, wie wir zu Geld kommen können. Du weißt schon, wegen der Zukunft unserer Jungs." „Ach daher weht der Wind." „Sie haben von Würths erzählt und sie hätten keinen Erben, hast du das gehört?" „Klar." „ Natürlich haben Würths einen Erben." Sie holte Luft: „ Hans." Josef machte eine überraschte Handbewegung, sein Glas kippte und das Wasser sickerte in das gute Tischtuch. Sekundenlang starrte Christine auf die Pfütze zwischen den Mohnblumen, während Josef aufstand, um ein Tuch zu holen. Plötzlich war sie wieder da die Erinnerung. Die umgefallene Blumenvase, das nasse Tischtuch. Wie Herr Würth seine Hose anzog und „Schlaf gut, mein Püppchen" säuselte, der Duft seines Rasierwassers in der Luft, das dumpfe Gefühl, ohnmächtig und wertlos zu sein. Sie drückte beide Hände vors Gesicht und atmete tief. Das hat er getan. Und jetzt hat er einen Erben. So ist das!

Josef setzte sich wieder und tupfte das Wasser auf. „Was hast du vor?" „Ich weiß nicht…Nur dass er Geld hat. Wenn sie jetzt noch die Villa erben, dann hat er sehr viel Geld. Und er ist mir was schuldig." Josef schwieg lange. Er nippte an seinem Becher und dachte nach. „Weißt du," sagte er schließlich. „ Ich bin kein Unmensch. Es widerstrebt mir, so einen anständigen Mann zu erpressen." Christine stand so heftig auf, dass ihr Stuhl umkippte. „Anständig? Er hat mich vergewaltigt. Soll das anständig sein?" Ihr blieb vor Aufregung die Luft weg. „Das hätte er nicht tun dürfen. Soll er nicht für den Sohn zahlen, den er gezeugt hat? Jeder muss das." Er seufzte. „Ich versteh dich ja.

Aber wer würde einem Dienstmädchen glauben?"
Wieder war es lange still zwischen den beiden.
„Ich weiß nicht. Muss darüber nachdenken.", sagte
Christine schließlich. Josef schüttelte den Kopf.
„Ich würde mich das niemals getrauen. Der wird ja
wohl nicht sagen: natürlich Frau Benz, einen Moment, ich hole das Geld sofort." Christine grinste.
„Sicher nicht. Auf Einsicht kann ich da nicht hoffen. Ich hatte gedacht, du wärst groß und stark…"
„Christine! Du meinst doch nicht, ich soll ihn am
Kragen packen und schütteln? Tut mir leid, so was
tu ich nicht." „Versteh ich. Hab es auch nicht wirklich erwartet. Mir muss etwas einfallen. Und ich
muss es tun. Ich denk darüber nach." Christine
trank aus und räumte die Gläser in die Spüle.

Der kleine Karl kam am 25. März 1902 zur Welt.
Christine schickte Hans nach der Hebamme,
Christile hatte sich um Helene, Josef, Otto und
Wilhelm zu kümmern. Friederike konnte diesmal
nicht helfen. Sie lag mit einer schweren Bronchitis
im Bett. Aber Christine schaffte das. Sie wuchs mit
den Aufgaben. Als Josef am Abend aus der Mühle
kam, lag das Neugeborene schon gebadet in der
Wiege und schlief. Christine war gleich wieder
aufgestanden, um das Abendessen für alle zu richten. Aber Josef schickte sie ins Bett. Sie sollte sich
schonen, schließlich brauchte er sie. Die nächsten
Tage schaute Frau Heizmann öfters vorbei, die

Hausbesitzerin. Ihr Mann nahm dann Hans und Helene mit und ging mit ihnen spazieren. Die drei verstanden sich gut. Und Christine genoss die Stille in der Wohnung. Helene plapperte wirklich den ganzen Tag. Sie war mit ihren fünf Jahren ein Wirbelwind und steckte voller Phantasie. Einmal spielte sie mit den Brüdern Kaiser Wilhelm und Kaiserin Auguste. Hans musste sich auf einen Stuhl setzen und Helene malte ihm mit einer kalten Kohle einen wunderbaren, geschwungenen Schnurbart. Helene hatte im Rathaus ein Bild vom Kaiser gesehen. Natürlich war Helene die Kaiserin, hübsch und voller Würde. Sie schnitt aus Zeitungspapier eine kleine Krone, Mutters schöne Wolldecke von Luise war ihr Umhang. Helene lachte vor Entzücken. Was für ein stattliches Kaiserpaar. Die Kleinen waren das Gefolge, ernst und bei der Sache. So zogen sie in die Küche. Christine kam mit dem Baby dazu. Wie die Kinder lieb spielten. Da erstarrte sie. Wie sah Hans aus? „Mutter, das geht wieder ab," sagte Helene gleich. Das war es nicht, was Christine erstarren ließ. Hans! Mit dem Schnurbart sah Hans aus wie Herr Würth! Wie eine Photographie von ihm! Das selbe energische Kinn mit dem Grübchen, die buschigen Augenbrauen, die tiefliegenden Augen, die leicht krausen schwarzen Haare. „Mama, was ist? Wir spielen nur." rief Hans erstaunt. Christine fing sich sofort. „Was für ein wunderbares Kaiserpaar! Ihr seht großartig aus!" rief sie mit gespielten Entzücken. „Macht nur weiter, ich wollte euch nicht stören." Schnell nahm sie den Waschlappen vom Haken, den sie holen wollte, hielt ihn unter den Wasserhahn an der Spüle und ging wieder ins Schlafzimmer. Sie musste sich setzen. Dass ihr das noch gar nicht aufgefallen war. Der Junge sah aus wie sein Vater. Wenn sie mit ihm durch Loßburg ginge, würde jeder sehen, wessen Sohn er war. Jeder. Diese Ähnlichkeit! Immer wieder schüttelte Christine den Kopf. Das Baby schrie. Ja, stimmt, sie wollte es wickeln. Sie konnte nichts anderes mehr denken. Das war unglaublich, Hans sah aus wie Herr Würth in Kleinformat. Wenn er ihm so ähnlich sah, dann... sie musste ihn mitnehmen, wenn sie zu Herrn Würth ging. Allein diese Ähnlichkeit war Druckmittel genug. Aber sie wollte nicht, dass Hans etwas erfuhr. Für ihn war Josef der Vater und das war gut so. Um nachzurechnen war er noch nicht alt genug. Vielleicht erzählte sie es ihm später mal. Aber wie sollte sie es dann anstellen? Sie sprach mit Josef darüber. Nein, er wollte auf keinen Fall mit diesem Mann reden. Sie solle ihn da raushalten. Ja, er könnte mitgehen und vor dem Haus warten. Dann könnte sie Hans hereinholen, wenn es nötig war.

So wurde es gemacht. Die Kleinen blieben zu Hause, Christile schaffte das. Hans hüpfte fröhlich zwischen Vater und Mutter. Für ihn war es ein

Ausflug. Sie gingen zu Fuß. Drei Stunden. Für die Eisenbahn war kein Geld da. Josef und Johannes setzten sich auf die Bank vor Würths Laden.

Christine war schwindlig. Sie hatte Angst, kein Wort heraus zu bringen, wenn sie vor diesem Mann stand. Sie musste sich getrauen! Sie hatte den Zeitpunkt so gewählt, dass Frau Würth nicht zu Hause sein würde. Sonntags um zwei ging sie jede Woche mit den Kindern in die Bibelstunde. Herr Würth fand das unnötig. Es reiche doch wohl, vormittags in die Kirche zu gehen, da müsste man nicht am Nachmittag auch noch fromm sein. Da blieb er lieber daheim und nützte diese Stunde zum Zeitung lesen. Er las alles von Politik bis Sport und wenn er ehrlich war, genoss er diese Zeit. Dazu trank er ein Achtel Wein und rauchte seine Zigarre. Heute wurde seine Ruhe jedoch jäh gestört.

Ein Dienstmädchen führte Christine in die gute Stube. „Ich muss sie sprechen, Herr Würth. Erinnern sie sich an mich? Christine Benz, geborene Frick. Ich habe bis 1894 hier gearbeitet." Er ging ans Fenster und schaute verlegen hinaus. Er erinnerte sich schwach. Was konnte sie wollen? Ja, ja, sie war hier in Stellung. Die Kinder hatten sehr an ihr gehangen. Auf der Bank unter dem Baum auf der anderen Straßenseite bemerkte er einen großer Mann und einen Jungen. Sicher ihre Familie. Aber warum konnte sie gekommen sein? War das etwa das Mädchen mit den beiden Kindern? Sie war doch so ein ängstliches kleines Ding gewesen. War sie es wirklich? Diese Frau wirkte stark und selbstbewusst. Er ahnte nicht, dass es ihre ganze Kraft kostete, ruhig zu sprechen. „Sie haben mich entlassen, weil ich ein Kind erwartete." Also doch. „Und?" „Das Kind war von ihnen." „Und?" Er musterte sie spöttisch. Was erlaubte sie sich? „Es ist ein Junge. Er heißt Johannes." Er starrte sie sekundenlang an. Schließlich machte er eine abfällige Handbewegung. „Das geht mich nichts an." „Ihre Töchter können eine gute Ausbildung bekommen und ihr Sohn soll als Knecht arbeiten? Das können sie nicht wollen. Aber ich kann seine Lehre nicht bezahlen." „Aha, es geht um Geld. Unverschämt, mich so anzubetteln." Er wischte sich den Schweiß von der Stirn. Christine sah, dass ihm nicht wohl war in seiner Haut. Er ging unruhig im Zimmer auf und ab und knetete unentwegt die Hände ineinander. Dann grinste er, als sei ihm etwas eingefallen. „Er ist nicht mein Sohn." „Natürlich!" Christine wurde rot vor Empörung. Sie wusste es genau. Warum stritt er es ab? „Es gibt da ein Gesetz." Er ging zum Bücherbord und nahm einen dicken Wälzer aus der Reihe. „Hier steht es." Triumphierend las er vor: „ Bürgerliches Gesetzbuch vom 1.1.1900 Paragraph 1589 Absatz 2: Ein uneheliches Kind und dessen Vater sind nicht verwandt." Er klappt das Buch triumphierend vor ihrer Nase zu, dass es staubte. Sie rang nach Luft.

Das hatte sie nicht gewusst. „Ein gutes Gesetz. Es schützt meine Kinder. Es schützt sie davor, dass ihnen das Kind eines Dienstmädchens ihr Erbe streitig macht." Er trommelte ungeduldig mit den Fingern auf dem alten Schränkchen. Christine verstand das nicht. Gesetz hin oder her, er war doch der Vater. Wer machte solche Gesetze? „Noch einmal: es ist nicht mein Sohn. Und jetzt verschwinde. Unverschämt, diese Bettelei." Er fuhr sich mit dem Finger in den Hemdkragen und schaute zur Uhr. Hinter seiner Stirn schien es fieberhaft zu arbeiten. Wahrscheinlich muss er mich loskriegen, ehe Frau Würth und die Kinder nach Hause kommen, dachte sie. Eine Katastrophe für ihn. Sie würden Fragen stellen. „ Ich will nichts für mich. Aber der Junge muss eine Lehre machen, sonst kommt er zu nichts. Das kostet. Wir haben dafür kein Geld. Und dann ist er unehelich. So eine Schande für das arme Kind." „Wie sollte ich das ändern?" fragte er widerwillig. „Ich adoptiere es sicher nicht. Das Kind eines Dienstmädchens!" Nervös ging er zwischen dem roten Sofa und dem Tisch auf und ab. „Mein Mann würde ihn adoptieren." „Wenn ich zahle? Aha. So habt ihr euch das ausgedacht!" Er lachte mühsam. „Ganz schön schlau." Aber dann wurde er heftig. Es ging um sein Geld. Kam gar nicht in Frage. Was ging ihn dieses Kind an? Nur- Ruth würde gleich da sein! „Geh jetzt!", zischte er böse und machte eine Handbewegung, als würde er eine Katze verscheuchen. Christine atmete tief ein. Sie staunte über sich selber. Wie ruhig sie hier stand, dass sie sich getraute, Herrn Würth zu trotzen. Sie würde das jetzt durchstehen. Für ihren Johannes, für ihre Familie, für sich selbst. Herr Würth wurde immer röter im Gesicht. Er regte sich furchtbar auf. „Verlasse sofort mein Haus. Mitsamt deinem Pack da drüben auf der Bank.", schrie er. „Und lass dich ja nicht mehr in Loßburg sehen. Ich will keinen Skandal. Und jetzt raus, aber schnell!" Er hielt ihr die Tür auf und machte mit der anderen Hand eine eindeutige Bewegung nach draußen. Christine rührte sich nicht. Da klappte unten die Haustüre. Herr Würths Gesichtsfarbe änderte sich schlagartig. Er wurde bleich. „Huhu, Vater, wir sind wieder da! Wir decken den Kaffeetisch im Garten heute!" rief eine fröhliche Mädchenstimme. Margarete! „Lydia ist auch mitgekommen." Frau Würth kam den Gang entlang. Sie legte ihren Hut auf das Tischchen im Flur. „Stell dir vor, Johannes. Unten auf der Bank sitzt ein Junge, der sieht aus wie du. Nur ohne Schnurbart natürlich. Verrückt, nicht?" Sie wirbelte munter herein und wollte ihrem Mann einen Kuss geben. Erschrocken blieb sie stehen. Er war ja weiß wie eine Wand! „Was ist?" Da entdeckte sie Christine. Sekundenlang starrte sie die beiden an. Dann schien ihr der Zusammenhang zu dämmern, denn sie legte die Hand vor den Mund und sank langsam auf das Sofa. Peinliche Stille. Oh nein, dachte Christine. So hab ich das nicht gewollt. Arme Frau Würth. Ach, hätte ich die Sache nur ruhen lassen! „Ist das ihr Junge da unten?" fragte Frau Würth fast tonlos. Christine nickte stumm. Frau Würth schaute zu ihrem Mann. Seine Haltung sagte alles. Natürlich, er musste der Vater sein! Ruth hatte den Jungen gesehen. Es war so klar. Dass ein Kind seinem Vater so aus dem Gesicht geschnitten sein konnte! Jeder sah das! Regungslos saß sie auf dem Sofa und starrte auf ihre Bibel, die sie immer noch in den Händen hielt. Christine bekam Angst um sie. Hatte man nicht schon gehört, dass Leute in solchen Situationen an Herzversagen starben? Oder betete Frau Würth? Schließlich löste sie sich aus der Erstarrung. „Bitte, Christine, lassen sie uns einen Moment allein." Christine ging zur Tür, um sich im Flur an das kleine Tischchen zu setzen. Wie früher. „Sie kann ruhig hierbleiben," schimpfte Herr Würth aufgebracht. „Soll sie doch sehen, was sie angerichtet hat." „Es ist besser, sie warten draußen," entschied Frau Würth ruhig und schob Christine aus dem Zimmer. Christine war ihr dankbar dafür. Frau Würth wirkte jetzt wieder gefasst wie immer. Wie sie diese Frau bewunderte.

Obwohl sie die Tür schloss, verstand Christine jedes Wort. Herr Würth rechtfertigte sich lautstark. Ein Mann könne sich sowas leisten. Schließlich wüsste keiner was davon. Es sei ja nur ein Dienstmädchen. Und dann behauptete er gar, er sei verführt worden. Frau Würth sagte wenig, sprach ruhig, erstaunlich ruhig. Er müsse den Tatsachen ins Auge sehen, es sei sein Kind. Also müsste er auch zahlen dafür. Sonst wäre das Unrecht. Egal, ob jemand davon wisse, oder nicht. Und auch ein Dienstmädchen sei ein Mensch und vor Gott wertvoll wie ein Kaufmann. Und außerdem solle er nicht so geizig sein, das Geld wäre doch da. Er tobte. Sie sei nur eine Frau und wisse in Gelddingen nicht Bescheid. Und sie könnte doch nicht sein sauer verdientes Geld an irgendwelches Personal verschenken. So weit käme es noch. Eine Weile konnte Christine nichts verstehen. Frau Würth sprach leise. „Mach doch was du willst," rief er schließlich laut. „Ich zahle nicht. Basta." „Gut," hörte man jetzt Frau Würth ziemlich aufgebracht. „Dann bekommt der Junge sein Geld, wenn die Bergvilla meines Vaters verkauft ist. Das ist dann mein Erbteil und allein meine Entscheidung." „Aber das Geld fehlt uns dann auch," polterte er. „Ich verbiete es dir. Schließlich bist du meine Frau! Hier habe ich immer noch das Sagen." „Er bekommt seinen Anteil.", sagte sie fest. „Sei vernünftig, Johannes, wir können keinen Skandal gebrauchen!" Dann öffnete sich die Tür. „Christine kommen sie herein. Nehmen sie bitte Platz." Herr Würth stand am Fenster und funkelte Christine böse an. Sie hielt seinem Blick stand. „Wir werden ihnen Geld bezahlen, genug, damit der Junge hat, was er braucht. Die einzige Bedingung: ihr Mann muss ihn umgehend adoptieren. Erst dann gibt es

Geld. Wir wollen alles tun, dass keiner mehr dumme Fragen stellen kann und mein Mann raus ist aus der Sache. Wir wollen keinen Skandal. Das können wir uns nicht leisten. Sie wissen, der Laden." Herr Würth brummte irgendwas. Es klang wie eine Zustimmung. Frau Würth setzte sich auf das Sofa, beugte sich vor und fragte leise: „Könnten sie mir noch eine Frage beantworten, Christine? Es ist wichtig für mich persönlich." Christine nickte stumm. „Sagen sie es ehrlich. Haben sie ihn verführt?" Christine wich zurück und riss die Augen auf. Nein, das wäre ihr niemals eingefallen. Sie schüttelte langsam den Kopf. „Nein, Frau Würth. Sicher nicht. Er hat meine Träume zerstört. Mit Gewalt." Fügte sie leise hinzu. Frau Würth schluckte schwer. So hatte sie es vermutet. „Und Christile?" fragte sie mit schwacher Stimme. „Für ein Mädchen zahle ich nicht. Kommt gar nicht in Frage!" rief Herr Würth empört. Im selben Moment merkte er, dass er sich verraten hatte. „Christile also auch. So lange ging das schon." Frau Würth starrte wieder vor sich hin. Im Gegensatz zu ihrem Mann war das Geld nicht ihr Problem. Überhaupt nicht. Sie seufzte und stand auf. „Sie werden von uns hören, Christine. Bitte schicken sie uns die Adoptionsurkunde und der Junge kriegt sein Erbe. Ich werde alles veranlassen." Sie ging zur Tür. „Ich muss sie jetzt bitten, zu gehen. Auch wenn es unhöflich ist, sie so wegzuschicken. Aber ich will nicht, dass die Kinder Fragen stellen.

Und dass sie den Jungen sehen. Ich hoffe, sie haben ihn nicht beachtet vorhin als wir nach Hause kamen." Sie begleitete Christine zur Haustür. „Und bitte. Gehen sie nicht mit dem Kind durch den Ort. Er sieht seinem..." sie brachte das Wort kaum über die Lippen. „...seinem Vater so ähnlich. Es darf Aufsehen geben. Sie verstehen." Christine verstand. Sie mochte diese Frau. Ein Händedruck. Dann stand sie auf der Straße. Sie war sehr schweigsam auf dem Heimweg. Johannes verstand gar nicht, worum es ging. Er war nur froh, allein mit Vater und Mutter unterwegs zu sein. Josef sah Christine nur an und wusste: sie würden Geld bekommen. Und nicht wenig.

Kapitel 15

as denkst du, wie viel werden sie zahlen?" fragte Christine, während sie Josef das Handtuch reichte. Es war schon sehr spät. Er stand im Unterhemd am Schüttstein in der Küche und wusch sich. Die Kinder schliefen. „Keine Ahnung, was so eine Villa kostet. Und du weißt ja nicht, ob sie Hans wirklich so viel zahlt wie ihren Mädchen. Ich würde verstehen, wenn sie es nicht täte." „Eigentlich habe ich es ja gar nicht verlangt. Ich denke mal ein Tausender wäre für drei Lehrjahre ausreichend, was meinst du?" „Kommt drauf an, was Hans lernt. Und ob er im Haus des Lehrherrn wohnen muss. Das kostet extra." Er rubbelte die Haare. „Wir müssen das Geld irgendwie anlegen. Es dauert ja noch fünf Jahre, bis Hans soweit ist." Überlegte Christine weiter. „Meinst du nicht, wir sollten versuchen, irgendein altes Haus dafür zu kaufen? Darin könnten wir wohnen und die Miete sparen. Und von dem gesparten Geld dann die Lehre bezahlen." „Stimmt, Josef. Das ist eine gute Idee. Ich werde die Augen und Ohren offen halten im Städtle." „Es kann etwas Bescheidenes sein. Wir können daran arbeiten und es herrichten." „Hauptsache, es ist größer als diese Wohnung hier. An manchen Tagen werd ich fast verrückt, wie eng es ist." Josef lachte. „Das versteh ich gut. Die Kinder sind lebhaft."

„Manchmal denke ich, ich habe alles nur geträumt. Und ich muss aufwachen und wir kriegen gar kein Geld von Würths." „ Ist schon unglaublich, dass du dich das getraut hast." Er umarmte sie. „Meine kleine Christine Benz. Ich bin so stolz auf dich." Da fiel ihm noch etwas ein. Er ging die Treppe hinab und holte einen Pappkarton, den er dort nach der Arbeit abgestellt hatte. Darin schlugen Gläser gegeneinander. „Ich hab dir etwas mitgebracht. Etwas ganz Neues. Hab es beim Pfau im Schaufenster gesehen." Er öffnete den Deckel und stellte den offenen Karton vor sie auf den Tisch. „Gläser mit Deckel? Was macht man damit?" „Das sind Weck-Gläser. Du füllst Obst hinein oder Gemüse, gibst etwas Wasser dazu und verschließt die Gläser mit dem Gummiring, dem Glasdeckel und diesem Spannbügel. Wenn sie gekocht werden, entweicht die Luft und drin entsteht ein Unterdruck. Dadurch halten sie dann ein Jahr lang oder länger im Keller dicht und der Inhalt bleibt frisch. Hier gibt es auch ein Rezeptbuch." Sie schaute skeptisch. „Doch, das probieren wir. Einwecken heißt das. Ich kauf dir noch mehr Gläser, wenn es sich bewährt." Er war total begeistert von dieser neuen Technik. Sie blätterte im Rezeptbuch und nickte langsam. „Hört sich gut an. Trotzdem müsste ich jetzt schlafen!" „Das seh ich ein. Morgen ist auch noch ein Tag."

Dann kam der Brief. Der Postbote brachte einen vornehmen Umschlag aus dickem Papier. Christines Hände zitterten, als sie ein Messer aus der Schublade holte und ihn aufschnitt. Mit Füller in schönster Schrift stand da:

„Liebe Frau Benz,

die Villa meines Vater konnte zu einem guten Preis verkauft werden..." Die Buchstaben tanzten vor ihren Augen. Christine musste sich setzen. „Darum können wir Ihnen für den kleinen Hans 4000 Goldmark schicken. Die einzige Bedingung..." Christine ließ das Blatt sinken. Unmöglich! 4000! So viel! „Die einzige Bedingung wäre, dass Johannes ab sofort den Familiennamen ihres Mannes trägt und jeglicher Anspruch gegen meinen Mann erlischt. Sobald die Adoption vorgenommen ist, werden wir das Geld durch einen Kurier zu Ihnen schicken." Viertausend Goldmark! Das war ein Vermögen! Das war großzügig, mehr als sie zu Träumen gehofft hatte. Sie suchte die Stelle und las weiter. „Da ich der Meinung bin, dass auch Mädchen wertvoll sind, bekommen sie für Christile noch 2000 Goldmark dazu.

Wir wünschen Ihrer Familie alles Gute. Hochachtungsvoll Ihre Ruth Würth." Christine las den Brief wieder und wieder. Die Zahlen blieben immer dieselben. 6000 Goldmark. Unfassbar! Sie sprang auf. „Christile, bitte, gib dem Kleinen das Fläschchen, wenn er aufwacht, Wilhelm und Otto spielen in der Stube. Ich muss schnell ins Städtle zum Vater." Christile stellte erschrocken den Korb mit dem Brennholz ab. „Was ist passiert, Mutter?" „Der Vater muss das hier lesen. Sofort." Sie zog im Gehen ihre Strickjacke über, schnappte sich den Regenschirm und rannte durch den Regen zur Mühle. Josef sah sie groß an, als sie kam. Das hatte sie ja noch nie gemacht! Atemlos hielt sie ihm den Brief vors Gesicht. Er sagte dem Müller Bescheid und die beiden setzten sich auf einen Schlackesack im Schuppen. Josef war gespannt. „Viertausend?" Seine Augen wurden immer größer. „Und zwei-tausend für Christile. Nicht zu fassen!" Noch ein-mal musste sie vorlesen. Dann rechnete er. „Dafür müsste ich zwanzig Jahre arbeiten. Zwanzig Jahre! Das ist unglaublich viel Geld!"

Auf dem Heimweg hüpfte Christine über die Pfützen wie ein junges Mädchen. Sie freute sich. Endlich heraus aus der engen Wohnung.

Josef fand, sie sollten selbst ein Haus bauen. Groß genug für ihre Familie. Vielleicht noch ein Stockwerk zum Vermieten. Er war richtig aufge-regt, begann Grundrisse zu skizzieren und Pläne zu machen, schaute sich nach einem Architekten um, erkundigte sich nach einem tüchtigen Maurer. Nur wo, wo sollte das neue Haus stehen? Sie brauchten einen Bauplatz. Josef ging aufs Rathaus. Da sähe es zur Zeit schlecht aus. Auf der Bendewiese beim Schlachthaus gäbe es noch Plätze und auch an der neuen Straße. Es sei noch was in Planung, aber nicht im Moment.

Am Abend erzählte Christine Opa Heizmann von ihren Plänen. „Warum baut ihr nicht vorne auf unserer Wiese?", fragte er. „Die kostet euch nicht viel." Erstaunt sah Christine von ihrer Flickwäsche auf. Das wäre ja großartig! Dann könnten sie hier am Inselweg bleiben, an ihrer geliebten Kinzig. Sie wurden schnell einig. Zweihundertfünfzig für die Wiese. Sie bauten direkt nebenan ihr eigenes Haus!

Am 7. September 1902 unterschrieb Josef die Urkunde zur Anerkennung der Vaterschaft für Christile und Hans. Der darauffolgende Sonntag wurde zum Festtag gemacht. Christine kaufte beim Beilharz eine Gans. Die schmorte den ganzen Morgen im Ofen und verbreitete einen herrlichen Duft im Haus. Dazu gab es Knödel und Spätzle, Karotten und Salat. Ein Festessen. Zum Nachtisch hatte Christile Pudding gekocht. Am Nachmittag kamen die Lombacher. Dazu hatte Christine einen Marmorkuchen gebacken. Sie stellte eine große Schüssel Schlagsahne auf den Tisch und Milch. Heute gab es sogar richtigen Kakao. Der war teuer und deshalb etwas Besonderes. Hans baute einen Schlagsahneberg auf sein Kuchenstück. Das war sonst undenkbar. Aber heute war er so etwas wie der Held des Tages. Auch Christile durfte am Tisch sitzen bleiben und musste nicht aufstehen, wenn etwas fehlte. Sie hatte Ringelblumen ins Haar geflochten und sah bezaubernd aus. Nur ihr Kleid spannte über der Brust. Sie brauchte dringend ein Neues. Helene grinste den kleinen Josef an. Der hatte einen Kakaobart bis an die Ohren. Mitten in dem fröhlichen Geplapper stand Josef auf. Alle schauten ihn erwartungsvoll an, denn es war sonst nicht seine Art, große Reden zu halten. „Ich habe euch etwas Wichtiges zu sagen." , begann er feierlich. „Diese Wohnung hier ist ziemlich eng. Wir müssen hier raus. Wir werden ein Haus bauen." Ein Sturm von Fragen und „Ah!" und „Oh!"- Rufen brach los. Josef hob die Hand. „Wir können Heizmanns Wiese kaufen. Genau dort wird unser Haus stehen. Ihr könnt also weiter mit euren Freunden an der Kinzig spielen. Und wir behalten unseren Acker an der Burghalde." Natürlich fragte Christines Mutter sofort: „Von welchem Geld wollt ihr bitte bauen?" Christine wurde rot. Diese Frage hatte kommen müssen. Sie hatte sich davor gefürchtet. Was sollte sie sagen? Die Wahrheit durfte nicht herauskommen, niemals. Genau dafür bekamen sie ja das Geld, damit für alle Zeiten keiner erfuhr, wer der Vater von Christile und Hans war. Aber irgendetwas ausdenken konnte Christine schließlich auch nicht. Josef hatte sich darüber schon Gedanken gemacht und so sagte er jetzt langsam und bedächtig: „Wir haben es geerbt. Von einem sehr entfernten Verwandten." „Wer soll das sein?" Christines Mutter gab sich nicht

166

zufrieden. „Man müsste ihn doch kennen. Meines Wissens ist in der Verwandtschaft niemand gestorben in letzter Zeit." Sie war gereizt. Wenn sie über etwas nicht genau Bescheid wusste, gefiel ihr das gar nicht. „Er kommt nicht aus eurer Verwandtschaft." , korrigierte Josef. Maria Frick war zufrieden. Sie nahm an, dass es sich dann wohl um seine Verwandten handeln musste und ließ die Sache ruhen. „Reicht es denn für ein Haus?" wollte Christines Vater jetzt wissen. „Sechstausend müsste genug sein.", lachte Josef. Friedrich Frick riss die Augen auf. „So viel? Da könnt ihr ja zweistöckig bauen und noch vermieten." Christine nickte glücklich. Wie sie sich freute. Eine größere Wohnung, ein eigenes Haus. Sowas hatte sie sich in den kühnsten Träumen nicht vorgestellt.

Josef holte die Pläne aus dem Schrank. Sie wurden herumgereicht und studiert. Christine räumte ab, die Kinder liefen hinaus zum Spielen. Die Erwachsenen redeten über das neue Haus. Es wurde gezeichnet und radiert, skizziert und phantasiert. Es sollte modern werden, musste also auf jeden Fall eine Toilette auf jedem Stockwerk haben, selbstverständlich fließendes Wasser in der Küche, geräumige Zimmer. Badezimmer hatten einfache Häuser damals noch nicht, es wurde in der Küche im Holzzuber gebadet. Kinderzimmer würde das Haus haben, jedes Kind bekäme sein eigenes Bett. Und die Küche wurde so großzügig geplant, dass darin ein großer Esstisch Platz hatte. Dann würde nur noch sonntags in der Wohnstube gegessen. Und neben dem Haus bliebe noch Platz für ein kleines Gärtchen. Mit Bank natürlich!

Kapitel 16

Christine saß am Küchentisch und stützte den Kopf auf die eine Hand. Mit der anderen bewegte sie den Stubenwagen, in dem der sechs Monate alten Karl lag. Er hatte wieder einmal Bauchkrämpfe und wollte nicht schlafen. Immer wieder weinte er jämmerlich. Sie hatte ihm eine Wärmflasche auf den Bauch gelegt und so langsam wurde er ruhig. Aber ihre Gedanken waren woanders. Sie war noch nicht sicher, aber vermutlich war sie schon wieder schwanger. Nach gerade mal einem halben Jahr! Und das hieß wieder müde sein, nicht schwer tragen können, morgens schlecht und schwindelig. Zumindest am Anfang. Dann der dicke Bauch und wieder ein Baby. Und das gerade jetzt, wo sie bauen wollten, wo es so viel Arbeit gab. Zusätzlich zum normalen Alltag, der arbeitsreich genug war. Es gab so viele Äpfel in diesem Jahr. Der erste Teil war schon eingekellert. Die andere Hälfte musste aufgelesen und nach Rötenbach zur Mostpresse gebracht werden. Das Winterholz saß schon aufgeschichtet am Reutiner Berg und wartete darauf, dass sie es mit dem Leiterwagen holte. Und nächste Woche kam der Kohlenmann und kippte eine Wagenladung Kohle ins Kellerloch. Die musste auch nach hinten getragen werden. Natürlich mussten die größeren Kinder helfen. Sie hatten keine Wahl. Die Jüngeren tollten lieber miteinander herum und stellten irgendwas an. Wilhelm konnte dann so treuherzig schauen, dass man ihm nicht böse sein konnte. Christine lächelte. Sie liebte ihre Kinder. Aber jetzt noch eins? Gerade jetzt? Sie seufzte tief. Der Kleine war eingeschlafen. Sie schob ihn in die Ecke hinter der Tür und setzte die Suppe auf.

Christile kam die Treppe herauf gepoltert. „Bitte Christile, zieh die Dreckschuhe aus. Du machst alles schmutzig!" rief Christine in den Flur. „Oh, entschuldige Mutter, hab ich vergessen. Aber komm schnell. Unten steht ein Mann, der will zu dir." Christiles Stimme war dünn vor Aufregung. Christine legte sofort ihre Schürze weg und lief die Treppe hinab. Sie kannte den Mann. Es war einer aus Herrn Würths Skatrunde und arbeitete in Loßburg auf dem Rathaus. Jetzt stand er mit wichtiger Miene vor der Haustür. Christine führte ihn in die Stube, schickte die Kleinen aus dem Zimmer. Nicht ohne den Finger an den Mund zu legen und ihnen anzudeuten, dass Karl schlief. Ein brüllendes Baby konnte sie jetzt gar nicht gebrauchen.

Der Mann räusperte sich. „Ihr Gatte ist nicht zufällig zu Hause?" Was dachte der sich? Josef war in der Mühle. „Er arbeitet." „Geldsachen verhandle ich normalerweise nicht mit Frauen." , sagte er geringschätzig und legte seinen Hut auf den Tisch. „Dann hätten sie am Sonntag kommen müssen.

Mein Mann geht jeden Tag zur Arbeit." Sie ärgerte sich. Aber sie hatte gelernt, höflich zu bleiben und sich nichts anmerken zu lassen. „Bitte nehmen sie doch Platz. Darf ich etwas zu Trinken anbieten?" „Danke, wenn sie vielleicht ein Bier hätten?" „Selbstverständlich, wir haben Alpirsbacher Klosterbräu." Josef würde ihr verzeihen, wenn sie dem Besuch seine einzige Flasche Bier einschenkte. Der Mann öffnete die schwarze Ledertasche, die er die ganze Zeit auf dem Schoss umklammert gehalten hatte und hob einen dicken Leinenbeutel heraus. „Das Geld. Sie wissen schon." Mit gewichtiger Miene zählte er die Hundertmarkscheine, die 10 und 20 Mark Münzen auf den Tisch. 6000! Der Tisch war übersät mit Geld! Dann schob er ihr ein Blatt Papier zur Unterschrift hin, legte die Adoptionsurkunden heraus, die sie an Würths geschickt hatte und packte seinen Füller sorgfältig ein. Alles ohne ein Wort. Während er sein Glas austrank, schaute er sich um. Christine konnte förmlich sehen, was er dachte: armselig hier. Jemand wie er war Besseres gewöhnt. Aber Christine ließ sich von so was nicht mehr beeindrucken. Sie hatte ihren Stolz. Schließlich war alles sauber und ordentlich. Was konnte sie dafür, dass es überall an Geld fehlte? Der feine Herr verdiente auf dem Rathaus sicherlich das Dreifache wie Josef in der Mühle. Und wahrscheinlich musste er nicht einmal so hart arbeiten wie ein Müllergehilfe.

Der Mann hatte es eilig, wieder zu gehen. „Ach ja, von Frau Würth soll ich Grüße sagen.", fiel ihm noch ein, als sie ihm die Haustür öffnete. „ Ich empfehle mich." Weg war er. Noch ganz benommen, musste sich Christine erst mal setzen. Versonnen nahm sie einen Geldstapel in die Hand. So einen Blauen hatte ich noch nie, dachte sie. Und jetzt gleich so viele. Sie verstaute den Beutel weit unten in ihrer Kleidertruhe. Josef würde das Geld morgen zur Bank tragen.

Es folgte ein ungewöhnlich milder Winter. Schon Mitte März war der Boden offen und Josef konnte mit dem Ausgraben des Kellers beginnen. Er arbeitete oft bei Dunkelheit im Schein einer Gaslaterne. Und das nach einem harten Tag in der Mühle. Er fand ein paar Männer, die ihm halfen. Knochenarbeit war das, schließlich wurde alles von Hand ausgegraben. Zum Glück kamen keine größeren Felsen, aber ziemlich dichtes Material. Josef war kräftig und voller Energie. Das hier war seine Baustelle. Sein Haus. Er liebte die Arbeit. Nur für Frau und Kinder blieb nun gar keine Zeit mehr. Er bedauerte das sehr. Umso mehr freute er sich, dass Hans mit seinen neun Jahren schon gerne mit anpackte und den Schubkarren übernahm. Der kleine Josef hätte auch gerne geholfen. Aber er wurde weggeschickt. Er sei noch zu klein. So saß er jeden Abend oben auf einem Berg Erde und schaute zu, bis Christine ihn holte und ins Bett brachte.

Die Tage wurden länger und der Bau kam gut vorwärts, die Fundamente wurden gelegt und ein Maurer ging an die Arbeit. Zusammen mit einem Gesellen zog er die Wände hoch, sodass im September der Zimmermann mit seiner Arbeit beginnen konnte. Die kleine Maria-Anna wurde im Juni geboren. Christine blieb nur drei Tage im Wochenbett. Sie konnte nicht liegenbleiben. Helene und Otto hatten Fieber und Husten und Christile schaffte die Arbeit nicht allein. Frau Heizmann half, wo es ging. Sie nahm auch Wilhelm und Karl mit, wenn es in der Wohnung gar zu bunt zu ging. Irgendwie musste es gehen. Nur mit dem Stillen klappte es diesmal nicht so recht. Maria-Anna weinte viel. Und Christine auch. Sie war so müde, sehnte sich nach Ruhe und musste doch aufstehen und arbeiten, denn sie wurde gebraucht.

Am 12. Oktober war Richtfest und rechtzeitig vor dem ersten Schnee konnte das Dach gedeckt werden. Dann schneite es so heftig und es wurde so bitter kalt, dass der Bau ruhen musste. Josef hätte gerne weitergearbeitet. Er wollte fertig werden. Stattdessen spielte er nun abends mit den Kindern Karten oder Mensch-ärgere-dich nicht. Das hatte er lange nicht getan.

Aber jetzt wurde die Enge unerträglich. Karl musste seinen Platz im Elternschlafzimmer räumen, weil Maria-Anna dort schlief. Sein Gitterbett wurde ins Wohnzimmer gestellt. Ja, da saßen Christine und Josef nun am Küchentisch, abends, wenn sie endlich Zeit hatten, sich noch ein bisschen zu unterhalten, denn in der Wohnstube musste es jetzt dunkel und still sein, damit Karl nicht erwachte.

Wie Christine sich auf das neue Haus freute! Endlich drei große Kindezimmer. Sogar ein Sofa würde im Wohnzimmer Platz haben. Da konnten sie es sich dann abends gemütlich machen nach der Arbeit. „Josef," sagte sie eines Abends. „Ich war heute drüben im Haus. Es kommt mir vor, wie ein Palast. Und wenn ich durch die Räume gehe, fühle ich mich wie eine Königin!" Josef lachte. Dann kam er um den Tisch und nahm sie in den Arm. „Du bist doch meine Königin." , flüsterte er ihr ins Ohr und küsste sie. Sie hatten selten solche zweisamen Momente. Jeder hatte seine Arbeit, die ihre ganze Kraft kostete. Sie schmiegte sich an ihn. „Ich bin so stolz auf dich, Josef. Wie gut, dass wir einander haben." „Meine kleine Christine. Meine kleine starke Christine. Ich bin auch stolz auf dich."

Anfang Februar ging der Glaser an die Arbeit, dann konnte der Schreiner die Treppen einbauen, die Bodendielen legen, die Türen einsetzen. Der

Flaschner legte Wasserleitungen in jede Küche. Kaltwasser. Das Wasser wurde auf dem Herd warm gemacht. Der Ofensetzer kam, der Gipser, der Maler. Der Einzug war für den ersten Oktober geplant. Höchste Zeit, denn es kündigte sich bereits das nächste Kind an.

Kapitel 17

An einem heißen Tag im August kam Josef schon kurz nach Mittag nach Hause. Christine hatte ihre Zwiebelernte an der Hauswand getrocknet und machte sich gerade daran, lange Zwiebelzöpfe zu flechten. Die hängte sie zum Aufbewahren im Schuppen an einen Balken. Josef? Mitten am Tag? „Was ist passiert?" fragte sie entsetzt. Er war bleich und irgendwie durcheinander. „Der Müller." Er setzte sich schwer auf die Bank und schaute auf seine Hände. „Der Müller ist tot." Christine erstarrte. „Der Müller?" „Der Arzt meint, es war das Herz. Es ging ihm schon länger schlecht. Aber dass es so schnell gehen würde..." Sie holte ihm ein Glas Wasser und setzte sich neben ihn. „Was wird jetzt aus der Mühle?" Er zuckte die Achseln und sagte nichts. Er fürchtete, dass ein junger Müller ohne Gehilfe auskommen könnte. Dann würde er die Arbeit verlieren. Aber er wollte jetzt nicht reden. Und nicht nachdenken. Den neuen Müller bestimmte die Stadt. Ihr gehörte die Mühle. Er hatte da nichts zu sagen. Hoffentlich ging das gut. Nicht auszudenken, wenn er ohne Lohn dastünde. Bei der großen Familie und mit dem Neubau. Fast eine Stunde saß er regungslos auf der Bank. Dann ging er auf den Bau und schleppte Balken und Bretter für den neuen Schuppen, sägte und hämmerte. Nur jetzt nicht nachdenken.

Nun musste Josef in der Mühle für zwei arbeiten. Er ging oft nachts noch mal in die Mühle und füllte Schlacke nach, weil das Mahlwerk auch die halbe Nacht   lief. Er schaffte es, alle gelieferte Schlacke rechtzeitig zu mahlen, ganz allein. Zum Glück war das Haus fast fertig. So viel Arbeit brachte selbst einen starken Mann wie Josef an den Rand. Dazu kam die Unsicherheit. Wie würde der neue Müller sein? Konnte Josef Müllergehilfe bleiben? Oder würde er sich nach einer anderen Stelle umsehen müssen? „Hoffentlich besetzt der Gemeinderat die Müllerstelle bald neu, damit ich weiß, wo ich dran bin.", seufzte er mehr als einmal.

Eines Abends sagte er: „Komm setz dich zu mir, Christine, ich muss mit dir reden." Es klang sehr ernst, sodass Christine sofort den Abwasch stehen ließ und sich zu ihm setzte. „Der Karle vom Rathaus war heute bei mir in der Mühle.", begann er. „Haben sie einen neuen Müller? Jetzt bin ich aber gespannt." Sie rutschte näher heran. Er schmunzelte. „Der Gemeinderat lässt fragen, ob ich die Müllerstelle übernehmen könnte." „Du?" „Sie sagen, ich sei stark und gut geeignet für die Stelle. Das hätte ich gezeigt in den letzten Wochen." Sprachlos schaute sie ihn an. „Du?" „Ja, warum eigentlich nicht?" „Du hast doch keinen Gesellenbrief.

177

Sind sie nicht sonst immer so genau damit, oder?"
„Traust du mir es nicht zu?" „Josef, natürlich!"
„Ich würd es gern machen. Vor allem verdiene ich
glatt das Doppelte!" Christine schaute überrascht
auf. „So viel verdient ein Müller? Aber du hast
doch bisher schon genau so viel gearbeitet wie der
Müller?" „Tja, der Gesellenbrief macht im Geld
ordentlich was aus." „Dann ist es ja unglaublich,
dass sie dir die Stelle anbieten und dich als Müller
bezahlen." „Ich würde auf jeden Fall annehmen.
Ich muss halt noch länger arbeiten als sonst. Auch
nachts nach dem Mahlwerk sehen. Und..." Er zö-
gerte. Da war noch etwas. „Christine." Er wusste
nicht, wie er ihr das beibringen konnte. „Wir müssen in der Mühle wohnen." Sie schnappte nach
Luft. Das konnte nicht wahr sein. Sie hatten ein
nagelneues Haus! Und jetzt sollten sie in die Mühle ziehen? Nein, unmöglich! Er legte seine Hand
auf ihre. „Meine liebe Christine. Ich weiß, dass dir
das unendlich schwer fällt, jetzt, wo unser Haus
fast fertig ist." Ihr schossen Tränen in die Augen.
Müde und traurig legte sie den Kopf an seine
Schulter und ließ den Tränen freien Lauf. So viel
Schweiß und Mühe und so viel Geld hatte das
Haus gekostet. Und nun sollten andere darin
wohnen? „Ich verstehe dich, Christine. Sehr gut
sogar." Sie schwiegen minutenlang. „Und wenn
du dir doch eine andere Stelle suchst?", fragte sie
schließlich zaghaft. „Hab ich mir auch schon überlegt. Aber wo soll ich hin? Eine größere Mühle gibt

es nicht in der Nähe. Dann müsste ich jeden Tag weit laufen zur Arbeit. Die untere Mühle in Ehlenbogen wäre am nächsten von hier. Aber ob die grade jetzt einen Gehilfen brauchen? Und sonst?" Er legte den Arm um ihre Schultern und strich ihr die Haarsträhne aus dem Gesicht, die sich aus ihrer strengen Frisur gelöst hatte. „Weißt du, Müller sein. Davon habe ich immer geträumt. Selber bestimmen, was wie wann getan wird. Keinem Müller mehr gehorchen müssen, der seltsam und kauzig ist." „Du…?" Christine staunte. „Du hast Träume, Josef? Davon hast du nie gesprochen." „Natürlich hab ich Träume. Jeder hat Träume, Christine, tief drinnen hat jeder Träume. Nur manchmal muss man halt nehmen, was kommt und muss seine Träume begraben." Er lachte sie an und gab ihr einen Kuss. „So wie du immer davon geträumt hast, deinen eigenen Haushalt zu haben." Sein Blick ging aus dem Fenster. „ Mein eigener Herr zu sein. Das wäre so großartig! Und jetzt ist es greifbar nah!" „Ach, Josef, das kommt so plötzlich! Lass mir Zeit, mich an den Gedanken zu gewöhnen." Sie seufzte tief. „Jeden Winkel im neuen Haus habe ich verplant. Alles habe ich mir so schön vorgestellt. Und nun sollen wir in der Mühle wohnen." Verstohlen wischte sie ein paar Tränen ab. Sie konnte Josef sehr gut verstehen. Müller. Das war jemand, der wurde geachtet in der Stadt. Sie gönnte es ihm von Herzen. Aber in die Mühle ziehen? „Und weißt du, Chris-

179

tine, es begeistert mich, was man in einer Mühle außer Mahlen noch machen kann. Der alte Müller hat davon nichts wissen wollen. Teufelszeug hat er es genannt. Aber du glaubst nicht, was man mit Wasserkraft noch alles machen kann. Müller sind Tüftler, Mechaniker. Denen fällt alles Mögliche ein. Du brauchst bloß einen Transmissionsriemen über die Mühlachse zu legen. Schon kannst du kleine Maschinen anschließen, kannst drehen, schleifen, sogar spinnen. Mit Wasserkraft!" Christine schaute ihn verwundert an. So eine lange Rede. Das war sie von ihrem Josef nicht gewöhnt. Und wie seine Augen blitzten! Mit seinen großen Händen malte er in die Luft, wie es aussehen könnte. „Der Schmiederkarle hat erzählt, dass sie am Rhein unten sogar Strom machen in der Mühle. Das ist Fortschritt, das ist spannend. Wenn ich der Müller wäre, könnte ich solche Sachen ausprobieren." Er schwieg und grübelte. Dieser Mann muss Müller werden, dachte Christine voller Bewunderung. Das ist sein Traum, dem ich nicht im Wege stehen will. „Dann wohnen wir eben in der Mühle. Ich werde mich daran gewöhnen." flüsterte sie, während sich ihre Augen wieder mit Tränen füllten. Ja, dachte sie, Josef zu liebe. „Ist denn die Wohnung wenigstens groß genug für uns?" wollte sie jetzt wissen. „Ich war noch nicht drin, Christine. Sieht groß genug aus von außen. Das Gute daran ist, wir müssen keine Miete bezahlen. Die Wohnung gehört zur Mühle." „Oh," Christine hörte auf zu weinen. „Das ist sehr gut. Wenn wir dort umsonst wohnen und hier Miete bekommen, bringt das eine Menge Geld. Das können wir zurücklegen für die Ausbildung der Buben." „Naja, im Moment brauchen wir es zum Leben. Es ist ganz schön knapp manchmal. Aber dann…klar. Bist du einverstanden?" Sie nickte langsam und lächelte ihn durch den Tränenschleier tapfer an. Wenn es Josef so wichtig war. Ihm zuliebe. Und weil sie einen anderen Weg nicht sehen konnte. Da lachte er glücklich, umfasste sie, hob sie hoch und wirbelte mit ihr durchs Zimmer. Allerdings sehr vorsichtig, denn ihr Bauch wölbte sich schon ziemlich. Sie war im siebten Monat.

Obwohl sie sich natürlich freute, dass Josef die Müllerstelle bekommen hatte, lief sie tagelang mit verheulten Augen herum. Manchmal stand sie am Fenster und schaute zum Haus hinüber. Er war so gut wie fertig. Nun sollten andere darin wohnen? Sie zwang sich, nicht drüber nachzudenken.

Die Mieter, die sie fanden, waren anständige und zuverlässige Leute. Sie konnten beide Etagen vermieten.

Zum ersten Oktober zogen sie selbst in die Pfistermühle. Als der Sohn des Müllers die Wohnung leergeräumt hatte, konnten Josef und Christine sich darin umschauen. Christine staunte, wie groß die Wohnung war. Das sah man von außen gar nicht so. Es gab eine Stube, in der ein großer Esstisch Platz hatte und auch in der Küche war dafür genug Platz. Drei große Kinderzimmer und ein geräumiges Schlafzimmer, Speisekammer und Abstellraum würden sie haben. Wenn das Geld dafür da war, hatte sogar ein Sofa Platz. Nur das Plumsklo war nicht gemauert, sondern ein Bretterverschlag, durch dessen Ritzen es kräftig zog. Unter dem offenen Küchenfenster rauschte der Mühlenkanal so laut, dass Christine erschrak. Auch das Knarren und Rumpeln des Mühlrads war im ganzen Haus zu hören. Eigentlich eher zu spüren, wie ein dumpfes Vibrieren. Sie würden sich daran gewöhnen müssen. Vielleicht hörte man es mit der Zeit gar nicht mehr. Unter dem Dach war noch ein Kämmerchen. Hier konnte Christile für sich alleine wohnen. Sie war mit ihren sechzehn Jahren kein Kind mehr und sehr froh, endlich aus dem Kinderzimmer heraus zu sein.

Am 29. Oktober kam Andreas zur Welt, der sechste Junge. Er war ein liebes, ruhiges Kind, das von Anfang an durchschlief. Christile sagte zwar oft, dass sie es satt habe, die Kinder ihrer Mutter zu hüten. Aber dieses Baby liebte sie. Wohin sie auch ging, sie hatte Andreas dabei. Sie sagte „Andres" dabei zog sie das „e" ganz lang „Andreees". Später als er laufen konnte, tapste er ihr immer hinterher. Die beiden waren ein Herz und eine Seele. Helene war meistens die dritte im Bunde. Sie war dieses Frühjahr in die Schule gekommen und Christile half ihr bei den Schularbeiten.

Obwohl Christine immer noch die Tränen kamen, wenn über das Haus am Inselweg gesprochen wurde, lernte sie doch langsam die Vorzüge der neuen Wohnung kennen. Sie wohnten jetzt mitten in der Stadt am Mühlenkanal. Wenn sie aus der Haustüre kam, fand sich fast immer jemand zum Reden. Bäcker, Metzger und der Marktplatz waren nicht weit. Christine wurde eine richtige Alpirsbacherin. Die Leute nannten sie „Frau Müllerin Benz" und grüßten sie auf der Straße. Sie wurde allgemein geschätzt und auch geachtet, zum Frauenkreis in die Kirche eingeladen, zum Kirchenchor und zum Frauenverein. Hatte sie sich das nicht immer gewünscht?

Josef blühte regelrecht auf. Nun war er der Müller, konnte schalten und walten, wie er wollte. Der alte Müller hatte immer alles so gemacht, wie er es von früher kannte. Neues hatte beim ihm keine Chance. Josefs Vorschläge fanden kein Gehört. Aber jetzt, jetzt konnte er dieses und jenes ändern, besser machen, vereinfachen, neu anordnen, sich die Arbeit erleichtern durch einfache Kniffe. Er tüftelte Hilfsvorrichtungen aus, probierte dieses und jenes. Das machte ihm großen Spaß. So stand er gleich in der ersten Woche nach dem Umzug am Nachmittag bei Christine in der Küche und grinste. „Was machst du denn hier?" fragte sie erstaunt.

„Fertig mit der Arbeit?" „Nein, mein Schatz. Aber ich habe den Einfülltrichter vergrößert. Jetzt kann ich zwei Säcke auf einmal einfüllen und hab Pause, bis alle Schlacke reingelaufen ist. Na, was sagst du?" „Oh, darauf müssen wir anstoßen," lachte sie und holte zwei Gläser Most. Sie plauderten fröhlich, bis Josef plötzlich die Augenzusammenkniff und lauschte. „Jetzt läuft das Mahlwerk leer. Die Schlacke rutscht nicht nach." „Das hörst du?" „Tja, da muss ich wohl noch einiges verbessern." Er stand auf und ging wieder an die Arbeit.

Er kam nun auch jeden Tag zum Essen nach oben. Die Kinder jubelten. Auch wenn es nur eine halbe Stunde war, wenigstens hatten sie den Vater zum Essen daheim. Auch zum Abendessen machte er eine Pause. Aber danach war er oft noch lange am Mahlen und bekam keinen Feierabend. Aber er war erfolgreich. Er konnte die Menge Schlacke erhöhen, die er pro Woche schaffte und das ohne Gehilfe. Die Leute bewunderten ihn. Einmal hörte Christine, als sie beim Metzger in der Schlange stand: „Der Benzen -Josef, das ist ein fleißiger Mann." Und eine andere sagte: „Und stark ist er. Der wirft die Doppelzentner-Säcke auf den Wagen, als wären es Heusäcke." Ja ihr Josef. Sie war so stolz.

1905. Der Frühling kam. Der alte Müller hatte sich nie um den kleinen Garten vor der Mühle gekümmert. Eines Abends holte Josef die Säge aus der Werkstatt und fällte die kleinen Bäume, riss das Gestrüpp aus und grub den ganzen Garten um. Christine war entzückt. Wie viel Platz auf einmal war! Gleich am nächsten Tag teilte sie Beete ein, las die Steine heraus und säte ein. Am Zaun entlang pflanzte sie Johannisbeerhecken, eine Quitte und Himbeeren. Sie freute sich schon auf den frischen Salat, Radieschen und viele verschiedene Kräuter.

An einem Freitagmorgen im Mai hielt ein Wagen vor der Tür. Christine wischte die Hände an die Schürze, nahm Andreas auf den Arm und lief die Treppe hinunter. Es war der Schreiner Schäfer. Was wollte der denn? „Ist ihr Mann zu sprechen?" rief er über den Zaun. Da kam Josef schon aus der Mühle gelaufen. „Augenblick, ich helfe ihnen abladen. Christine, da wirst du staunen, was ich bestellt habe." Die beiden hoben eine schwere Holzbank von der Ladepritsche und trugen sie an die Hauswand. Eine Bank! „Ich hoffe, meine Arbeit gefällt ihnen." Der Schreiner tippte sich an die Mütze. „Ich geh dann mal. Schönen Tag noch." Fast ehrfürchtig kam Christine näher und fuhr mit der Hand langsam über das glatte Holz. Kirschbaumholz. So was Schönes! Josef lachte: „Hatte die nicht noch gefehlt? Stand nicht in allen deinen Träumen eine Bank vor dem Haus?" Christine sah ihren Mann an und freute sich. „Die Bank. Hatte ich längst vergessen!" Sie setzte Andreas auf die neue Bank, nahm neben ihm Platz und lehnte sich wohlig zurück. „Man sitzt gut. Wirklich." „Wolltest du nicht abends nach der Arbeit draußen sitzen und ausruhen? Das hast du mir oft erzählt. Nun kannst du hier deine Kinder auf den Schoß nehmen und ihnen Geschichten erzählen. Und deinen Enkeln und Urenkeln auch." Sie lachte schallend. Urenkel. Wer dachte denn so weit? Josef ließ sich neben ihr nieder. Da saßen die beiden, aneinander gelehnt und schwiegen. Drinnen lief das Mahlwerk leer. Das kümmerte die beiden gerade nicht. Christine war glücklich. Ihr Josef! Er verstand ihre Träume! Und sie verstand seine. „Ja der Müller Benz und seine Frau. Müller Benz auf der Pfistermühle. Du bist der Müller. War das nicht immer dein Traum?"

Nachwort

Dies ist die Geschichte meiner Urgroß-mutter Christine Benz. Sie hatte Träu-me, die heute nicht besonders großartig aussehen. Aber in ihrer Situation waren sie groß.

Sie träumte von einem eigenen Haushalt und davon, dass ihre Kinder einmal einen ordentlichen Beruf lernen sollten. Doch sie war arm und allein-stehend. Eine allein stehende Frau musste im Haus ihrer Eltern wohnen, konnte Dienstmädchen sein oder Magd, damals am Ende des 19. Jahrhunderts. Einen Mann zu finden war in ihrer Situation nicht einfach, denn sie hatte zwei uneheliche Kinder. Von wem ist unbekannt.

Sie hat es dennoch geschafft: Am 13. Dezember 1896 heiratete sie Josef Benz, einen Müllergehilfen, groß und kräftig, aber selber arm.

Eines Tages haben die beiden 6000 Goldmark und bauen ein zweistöckiges Haus, das heute noch steht. Woher kam das viele Geld?

Diese Frage veranlasste mich, eine Geschichte zu schreiben:

Ich erfand eine Stelle, an der sie gearbeitet ha-ben könnte. Diese Familie ist absolut frei erfunden und falls es in Loßburg eine Familie Würth gegeben haben sollte, hat sie nichts damit zu tun.

Als Saisonarbeiterin in der Landwirtschaft lernt Christine Josef kennen. Davon hat mein Vater erzählt. Auch die Geldsumme von 6000 Goldmark wusste er und Josefs Verdienst in der Schlackenmühle: 2 Goldmark pro Tag.

Die Schlackenmühle hieß früher Pfistermühle und gehörte zum Kloster Alpirsbach. Zwischen 1860 und 1918 wurde hier Schlacke aus Lothringen und Belgien zu Düngemitteln verarbeitet. Josef war dort Müller bis er 1917 nach eine Arbeitsunfall starb.

Christines eiserner Wille hat Wege geöffnet, ihre Träume zu leben trotz aller Widrigkeiten.

Alle ihre sieben Jungs konnten einen Beruf erlernen.

Zeitfracht Medien GmbH
Ferdinand-Jühlke-Straße 7
99095 Erfurt, Deutschland
produktsicherheit@kolibri360.de